Confusión de sentimientos
La colección invisible

Stefan Zweig

Confusión de sentimientos
La colección invisible

Traducción de Isabel García Adánez

Alianza editorial
El libro de bolsillo

Títulos originales: *Verwirrung der Gefühle. Die unsichtbare Sammlung*

Primera edición: febrero de 2026

Diseño de colección: Estrada Design
Diseño de cubierta: Manuel Estrada

© de la traducción: Isabel García Adánez, 2026
© Alianza Editorial, S. A., Madrid, 2026
    Calle Valentín Beato, 21
    28037 Madrid
    www.alianzaeditorial.es

PAPEL DE FIBRA
CERTIFICADA

ISBN: 979-13-7009-152-1
Depósito legal: M-20933-2025
Printed in Spain

Índice

Confusión de sentimientos

Anotaciones privadas del consejero secreto R. v. D.

Lo han hecho con buena intención mis discípulos y compañeros de la facultad. Aquí lo tengo, en valiosa encuadernación y entregado con solemnidad: el primer ejemplar de la publicación que los filólogos me han dedicado por mi sexagésimo aniversario y por mis treinta años de docencia universitaria. Ha salido toda una biografía; no hay articulito ni *laudatio* ni reseña mínima aparecida en el anuario académico de turno que el afán bibliográfico no haya logrado extraer de la tumba de papel: ahí está mi currículum al completo, pulcro y claro, peldaño a peldaño como una escalera bien barrida, mostrando hasta el mismísimo presente... En verdad sería un desagradecido si no me hiciera ilusión ver una meticulosidad tan conmovedora. Todo cuanto yo mismo he perdido o dejado perder en la vida se me devuelve ahora, unificado y organizado; no, no puedo negar que el hombre entrado en años que soy contempla estas páginas con el mismo orgullo que antaño aquel expediente académico de sus profesores que por primera vez daba fe de sus capacidades y su voluntad de dedicación a la ciencia.

No obstante, tras hojear esas doscientas afanosas páginas y contemplar en detalle mi retrato intelectual, no pude evitar sonreír. ¿Realmente era esa mi vida, era cierto ese ascenso sin tropiezos y sin perder de vista la meta, desde el primer día hasta el día de hoy, tal y como lo presentaba el biógrafo a partir de las evidencias obtenidas sobre el papel? Me sentí igual que la primera vez que oí mi propia voz a través de un gramófono: de entrada, ni siquiera la reconocí; claro, sí, debía de ser mi voz, pero solo la que percibían los demás y no la que oigo yo mismo a través de mi sangre y en el interior de esa carcasa que es mi persona. Y así, yo, que he dedicado mi vida a explicar a otras personas a partir de su obra y a hacer patente el entramado intelectual de su mundo, al experimentar lo mismo volví a tomar conciencia de lo impenetrable que resulta en el destino de todo individuo el verdadero núcleo, la esencia, esa célula plástica de la que parte todo desarrollo. Experimentados miles de millones de segundos, al fin y a la postre siempre es un solo, un único segundo el que desencadena una auténtica revolución en nuestro mundo interior, ese segundo (Stendhal lo describió) en el que la flor de nuestro interior, ya a rebosar de jugos, estalla y cristaliza; un segundo mágico, similar al instante de la concepción, igual de oculto que esta en el cálido interior de la propia vida; invisible, intangible, imperceptible, puro misterio vivido en carne propia. No hay álgebra intelectual que pueda calcularlo, ni alquimia de la intuición que lo adivine, y raro es que el propio sentimiento alcance a captarlo.

De ese secreto máximo del desarrollo intelectual y emocional de mi vida no sabe ese libro ni una palabra: por eso no pude evitar sonreír. Todo lo que contiene es verdad... solo que falta lo esencial. Se limita a describirme, pero no dice quién soy. Se limita a hablar de mí, pero no revela nada. Doscientos nombres recopila su detallado registro... solo que falta justo aquel del que partió todo impulso creativo, el nombre de quien determinó mi destino y que ahora me devuelve a mi juventud con doble fuerza. De todo se habla en el libro, excepto de él, del hombre que me dio el lenguaje y con cuyo aliento hablo; y, de pronto, siento como una culpa la cobardía de haberlo mantenido en silencio. Me he pasado la vida esbozando retratos de personas, resucitando personajes de siglos pasados para la sensibilidad de nuestro presente, y justo en lo que más presente tengo: en él, no he pensado nunca; así que ahora, como en los tiempos homéricos[1]; daré de beber de mi propia sangre a la adorada sombra para que vuelva a hablarme, y para que esa presencia que los años apartaron de mi lado hace mucho regrese a mí, ahora que ya acuso el peso de la edad. Añadiré una página silenciada a esas páginas públicas, una

---

1. Es una referencia al Canto XI de la *Odisea*, en que Ulises realiza un sacrificio a los dioses para comunicarse con los espíritus de sus antepasados. *(N. de la T.).*

confesión de mis sentimientos al erudito libro y me relataré a mí mismo, por él, la verdad de mi juventud.

Una vez más, antes de comenzar, hojeo el libro que se supone representa mi vida. Y de nuevo me tengo que sonreír. Pues ¿cómo iban a acceder a lo que realmente constituye lo profundo de mi persona, si no empiezan por el principio correcto? ¡Si es que su primer paso ya se equivoca! Con toda su buena intención, un compañero de la escuela –hoy con el mismo cargo de consejero secreto– cuenta que yo ya destacaba por mi gran pasión por las Humanidades en el bachillerato. ¡Pues recuerda usted algo que no es, querido compañero! Para mí, todo lo relacionado con las Humanidades era una imposición que soportaba a mi pesar, a regañadientes y de pésima gana. Precisamente porque, siendo hijo del rector de cierta pequeña ciudad de provincias del norte de Alemania, en casa veía que hacer cultura es una simple manera de ganarse el pan, desde niño aborrecí la Filología en todas sus facetas; pues claro, la naturaleza misma, como corresponde a su mística función de conservar la fuerza creativa, siempre insufla al hijo aversión y desprecio hacia la vocación del padre. La naturaleza no deja heredar nada sin esfuerzo ni nervio propio, no deja continuar tal cual y seguir haciendo lo mismo de generación en generación; siempre impone que, primero, se produzca la oposición entre los de una misma especie, y tan solo consiente a la generación posterior pisar de nuevo la senda de sus abuelos, de retorno de tortuosos pero fructíferos rodeos. Bastaba con que mi padre divinizara la ciencia para que yo, en mi afán de autodeterminación, la viera como pura palabrería intelectualoide; como él elogiaba a los clásicos en tanto que modelos, a mí me parecían moralizantes y, por ende, odiosos. Rodeado de libros por todas partes, despreciaba los libros; obligado por mi padre, siempre, a las actividades intelectuales, yo me resistía ante cualquier forma de cultura transmitida por escrito, y no es de extrañar, pues, que si conseguí el título de Bachiller Superior fue muy a duras penas, y luego me negué en redondo a continuar los estudios e iniciar una carrera universitaria. Yo quería ser oficial del ejército, marino o ingeniero, si bien tampoco sentía una fuerte vocación por ninguna de estas profesiones. Era tan solo la aversión al papel y a esa faceta didáctica de la ciencia lo que me empujaba a lo práctico y a la acción y no a la vida académica. A pesar de todo, desde su fanática devoción por cuanto tiene que ver con el mundo universitario, mi padre insistió en que yo tenía que estudiar, y mi única conquista fue que, en lugar de Filología Clásica, me dejó bajar de nivel a la Filología Inglesa (solución de compromiso que, al fin y al cabo, acepté con la secreta y astuta idea de que, gracias a los conocimientos de esta lengua marítima, después habría de resultarme más fácil emprender mi anhelada carrera de marino).

No hay, pues, en ese *curriculum vitae* mío, nada menos cierto que la cariñosa afirmación de que ya adquirí los conocimientos fundamentales de la Filología en mi primer semestre en la Universidad de Berlín, gracias a la ilustración que recibí de venerables catedráticos. ¡Como si, en mi irrefrenable afán de libertad de aquel entonces, me hubieran interesado lo más mínimo las asignaturas y los profesores! En mi primer y fugaz paso por una clase, el aire rancio y el discurso del catedrático, monótono y farragoso a la par, me dio tanto sueño que tuve que esforzarme muchísimo para no caer allí mismo con la cabeza apoyada en el pupitre... Aquello era otra vez como el colegio, del que felizmente creía haberme librado ya, volvía a estar en un aula, con su tarima demasiado alta y su cantilena científico-pedante; para mí, era como si de los labios entreabiertos del correspondiente catedrático saliera arena, de tan insulsa y mecánicamente como brotaban las palabras a partir del manido libro de texto para desvanecerse en el aire viciado. La sospecha que ya tenía de colegial de haber ido a parar a una morgue del pensamiento donde no se hacía otra cosa sino manosear cadáveres para describir su anatomía resurgió con horror en aquella especie de taller de producción de académicos apolillados incluso para siglos anteriores. Y cuando ya se agudizó en extremo mi instinto de rechazar todo aquello fue al salir de aquella clase tan insufrible a las calles de Berlín, del Berlín de aquel entonces, aquel que, ante la sorpresa de su propio crecimiento imparable y haciendo alarde de una virilidad demasiado repentina, parecía irradiar electricidad por todas las calles y desde todas las piedras, imponiendo a todo el mundo –lo quisiera o no– un ritmo de vida vertiginoso, muy acorde y similar en sus ansias desatadas con el desenfreno de mi propia virilidad, también recién descubierta. Ambos, la ciudad y yo, recién salidos del cascarón pequeñoburgués, estrecho de miras y marcado por el rigor protestante, nos lanzábamos de cabeza a aquella nueva vorágine de poderío y posibilidades; los dos, la ciudad y el joven impulsivo que era yo, vibrábamos de impaciencia y agitación como una dinamo. Jamás he entendido Berlín como entonces, jamás la he amado así, pues al igual que en aquel acalorado panal que se desbordaba de gente, cada célula de mi persona bullía por desarrollarse de golpe... ¡Qué mejor lugar para dar rienda suelta a la impaciencia propia de toda juventud fuerte que el seno palpitante de aquella ardorosa mujerona, aquella ciudad impaciente y puro derroche de energía! Me sedujo de golpe y yo me entregué a ella, me zambullí en sus arterias, mi curiosidad corrió a explorar por entero su cuerpo, de piedra, pero cálido; de la mañana a la noche me dedicaba a recorrer las calles, iba hasta los lagos, exploraba sus escondites: lo reconozco, fue el puro frenesí lo que me tuvo preso en aquella aventura vital de meterme en todas partes en lugar de prestar atención a mis estudios. Por otra parte, aquella desmesura tan solo obedecía a la particularidad de mi naturaleza: desde niño he sido incapaz de hacer más de una cosa a la vez; volcado en una actividad, me volvía enteramente impenetrable al interés por cualquier otra; cada vez y allá donde estuviera me dominaba y me movía un único ímpetu, y, de hecho, hasta hoy, en mi trabajo, cuando le hinco el diente a un tema, lo machaco como un poseso y no suelo abandonarlo hasta notar ya bien roído el último, el ultimísimo resto del tuétano.

En aquella época de Berlín, el sentimiento de libertad me embriagó con tal virulencia que no soportaba ni el breve rato de encierro que suponían las horas de clase, es más, no soportaba las cuatro paredes de mi propia habitación: todo cuanto no implicaba una aventura me desazonaba como si estuviera perdiéndome algo. Y así fue cómo el jovencísimo provinciano, todavía con las orejas húmedas, como suele decirse, y recién soltado del redil, se afanó por parecer un hombre muy hombre: me metí en una asociación estudiantil, traté de darme un aire desvergonzado, displicente, gamberro (yo que soy de natural más bien tímido), adquirí en cuestión de una semana las maneras propias de la gran ciudad y la Gran Alemania y, a una velocidad pasmosa, aprendí a zascandilear y zanganear por los rincones de los cafés como un auténtico *miles gloriosus*. A este capítulo de la irrupción de la virilidad pertenecían también, por supuesto, las mujeres –o más bien: «las hembras», como decíamos en nuestra prepotente jerga estudiantil–, lo cual fue de lo más oportuno para mí, pues era un joven notablemente apuesto. Alto, esbelto, con las mejillas aún cubiertas por la pátina de bronce adquirida junto al mar, ágil cual gimnasta en todos mis movimientos, lo tenía muy fácil frente a los dependientes paliduchos y resecos como arenques de pasarse el día metidos en sus tiendas que, al igual que nosotros, todos los domingos salían de pesca a los locales de baile de Halensee y Hundekehle (por aquel entonces, aún quedaban muy lejos del centro). Tan pronto era una rubísima criadita de Mecklemburgo la que, aprovechando el ardor del baile, me llevaba yo a mi habitación justo antes de que se volviera a su tierra de vacaciones, como una judía de Posen, menuda y nerviosa cual rabo de lagartija que vendía medias en los grandes almacenes Tietz... casi siempre, presas baratas, fáciles de cazar y que tampoco tardaba en traspasar a los compañeros. Por supuesto, aquella insospechada facilidad para el triunfo constituía una sorpresa embriagadora para quien prácticamente ayer aún había sido un bachiller timorato; aquellos éxitos de poca monta servían para incrementar mi nivel de osadía, y así, poco a poco, la calle se convirtió para mí en poco más que el coto de caza de aquellas aventuras a las que me daba sin discriminación alguna, casi por deporte. Una de las veces, yendo detrás de una chica guapa, fui a parar –ciertamente, por pura casualidad– a la avenida Unter den Linden y al edificio central de la Universidad, y me tuve que reír al pensar en el tiempo llevaba sin poner un pie al otro lado de aquel venerable umbral. En acto de soberbia, entré entonces junto con un amigo de mi misma cuerda; tan solo abrimos una puerta, vimos (y nos resultó ridículo hasta no poder más) ciento cincuenta espaldas inclinadas sobre los bancos, tomando apuntes y como si todos estuvieran rezando la letanía de un sumo pesadote de barba blanca. Al instante ya había vuelto yo a cerrar la puerta, dejando que aquel arroyuelo de elocuencia anodina corriera sobre los hombros de tan aplicados fieles y, por mi parte, salí con mi compañero a la soleada avenida como un rey. A veces me da la sensación de que jamás pudo existir ningún joven que perdiera el tiempo más tontamente que yo en aquellos meses. No leí ni un solo libro, tengo la certeza de no haber dicho una sola palabra con sentido, de no haber tenido ni una sola idea... Por instinto, evitaba la compañía de cualquier persona culta con el único objeto de que mi recién despertado cuerpo disfrutara con más intensidad de las mieles de lo nuevo y hasta entonces prohibido. Cierto es que esta forma de emborracharse con los propios jugos, de rebelarse contra uno mismo malgastando el tiempo, de algún modo forma parte de la naturaleza de toda juventud vigorosa que, de pronto, se ve libre; ahora bien, dada mi particular inclinación al exceso, aquella vida disoluta ya empezaba a ser un peligro, y todo apuntaba a que acabaría perdiendo el norte por completo o, cuando menos, sumido en un abotargamiento de los sentidos, de no haberse dado una repentina casualidad que impidió aquella caída interior.

Esa casualidad –hoy, dando gracias, la considero feliz– consistió en que, de modo inesperado, invitaron a mi padre a participar en una conferencia de rectores en el Ministerio y tuvo que venir un día a Berlín. Como pedagogo de profesión, aprovechó la ocasión para hacerme un breve examen de conducta por sorpresa, sin previo aviso de su visita. El asalto fue un éxito rotundo... para él. Como de costumbre, yo estaba pasando la velada en mi cuartucho de estudiante en el norte de la ciudad –al que se accedía por la cocina de la dueña de la casa, separada a su vez por una cortina–, con una chica y en actitud harto cariñosa, cuando tocaron enérgicamente a la puerta. Imaginando que sería algún compañero, farfullé de mala gana: «No estoy para nadie». Sin embargo, tras una breve pausa volvieron a tocar: una vez, dos, y una tercera con audible impaciencia. Rabioso, me embutí los pantalones para poner en su sitio a aquel impertinente que se empeñaba en molestarme, y, así, con la camisa a medio abrochar, los tirantes colgando y los pies descalzos, abrí la puerta de un tirón para, acto seguido y como quien recibe un puñetazo en la sien, reconocer la silueta de mi padre en la oscuridad de la antecocina. De su rostro, en la sombra, percibí poco más que los cristales de las gafas que brillaban a contraluz. Claro que el contorno de la sombra ya hubo de bastarme para que la grosería que iba a soltarle se me atravesara en la garganta como una afilada espina de pescado: por un momento, me quedé obnubilado. Luego tuve que rogarle muy devotamente –¡qué instante de horror!– que hiciera el favor de esperar en la cocina unos minutos, en tanto que yo ponía orden en mi cuarto. Como decía: no le vi la cara, pero noté que entendió lo que pasaba. Lo noté en su silencio, en la actitud contenida con la que, sin darme la mano, se retiró detrás de la cortina de la cocina con gesto asqueado. Y allí, frente a unos fogones de hierro de los que aún emanaba el tufo a café y nabos hervidos, tuvo que quedarse esperando, de pie, durante diez minutos; diez minutos tan humillantes para él como para mí: los que tardé en sacar a la chica de la cama, ponerle la ropa y sacarla de la casa, pasando por delante de quien, a sus años y a su pesar, estaba enterándose de todo. Tuvo que oír los pasos de la chica, y cómo se levantaron los pliegues de la cortina con la corriente de aire al salir a toda prisa; aunque todavía no podía dejarle que saliera de su escondite, pues necesitaba recomponer el inequívoco desorden de la cama. Y entonces ya sí –en la vida me había sentido tan avergonzado– me presenté delante de él.

Mi padre dio muestra de entereza en aquel momento aciago, y hasta hoy sigo agradeciéndoselo en mi fuero interno. Pues siempre que quiero acordarme de quien ya hace mucho tiempo que falleció me niego a verlo desde la perspectiva del muchacho en edad escolar que tendía a despreciarlo como si no fuera más que una máquina de corregir, un viejo maestro picajoso y perfeccionista recalcitrante; siempre rememoro su imagen ya mayor, en aquel momento de Berlín, el más humano de su vida, cuando hubo de vencer un asco profundo para entrar en mi cuarto maloliente y no dijo una sola palabra. Llevaba el sombrero y los guantes en la mano; como acto reflejo, fue a dejarlos en alguna parte, pero luego hizo un gesto de asco, como si le repugnara que cualquier parte de su persona tocase aquella guarrería. Yo le ofrecí un sillón; él no respondió, tan solo un gesto con la mano dejó bien clara su negativa a entrar en contacto con ningún objeto de aquel lugar.

Pasados unos momentos de hielo, allí de pie sin querer tener nada que ver conmigo, por fin se quitó las gafas y se puso a limpiarlas con exagerada fruición, detalle que, en su caso –y yo lo sabía–, revelaba el más profundo embarazo; tampoco se me escapó cómo, al volvérselas a poner, se frotó el ojo con el reverso de la mano. Le daba vergüenza estar frente a mí, y yo me moría de vergüenza frente a él, ninguno sabíamos qué decir. En secreto me temía que fuera a empezar un sermón, la perorata farragosa con voz engolada que tanto le había oído en la escuela y por la que me parecía ridículo y lo despreciaba. Sin embargo –y también por eso sigo estándole agradecido hasta hoy–, mi padre permaneció en silencio y evitó mirarme. Por fin, se dirigió hacia el atril desvencijado donde estaban mis libros de la carrera, los abrió... y el primer vistazo lo convenció de que los tenía sin tocar, hasta con las hojas sin abrir.

–¡Tus cuadernos de clase!

Esta orden fue lo primero que dijo. Temblando, se los entregué, consciente de que mis apuntes en taquigrafía tampoco recogían más que una única hora de clase. Él examinó las dos páginas al vuelo, con un rápido movimiento, y depositó los cuadernos encima de la mesa sin el más mínimo gesto de exaltación. Luego acercó una silla, se sentó, me miró muy serio, pero sin ápice de reproche y preguntó:

–¿Bueno, y qué piensas tú? ¿Dónde crees que irá a parar esto?

Aquella pregunta calmada me mató. Todo mi ser estaba en tensión: si me hubiera regañado, yo habría replicado con rebelde soberbia; si hubiera tratado de convencerme recurriendo a la emoción, me habría reído de él. Aquella pregunta objetiva, en cambio, rompió todas las armas de mi rebeldía: su seriedad exigía seriedad, su forzada calma, respeto y disposición a ser honesto conmigo mismo. Apenas me atrevo a recordar lo que le respondí, del mismo modo en que la conversación que siguió se le resiste a mi pluma incluso ahora. Hay conmociones repentinas, una especie de ebullición interna que, narrada después, lo más probable es que suene sentimental; hay ciertas palabras que son verdad una única vez, estando a solas con el otro y como fruto inesperado de una explosión del sentimiento. Aquella fue la única conversación de verdad que tuve con mi padre en toda la vida, y no me dio reparo alguno humillarme voluntariamente: dejé cualquier decisión en sus manos. Él, sin embargo, se limitó a aconsejarme que me marchara de Berlín y me matriculara el semestre siguiente en alguna universidad pequeña; estaba seguro –añadió, casi como consuelo– de que yo, en adelante, recuperaría lo perdido con gran aplicación. Su confianza me hizo estremecer; en aquel instante tomé conciencia de lo injusto que había sido durante toda una adolescencia con aquel hombre, ya anciano, que se parapetaba tras una fría compostura. Tuve que morderme los labios con fuerza para no echarme a llorar, porque se me llenaron los ojos de lágrimas. Aunque él también debía de sentir algo similar, pues de pronto me tendió la mano, sostuvo el apretón un instante, tembloroso, y luego se aprestó a salir. Yo no me atreví a ir detrás de él, me quedé donde estaba, inquieto y confundido, limpiándome con el pañuelo la sangre que me había hecho en el labio de tan fuerte como me había clavado los dientes para dominar mis sentimientos.

Esa fue la primera conmoción que sufrí en la vida, con diecinueve años; y la que, sin ademán siquiera de levantarme la voz, echó abajo el castillo de naipes de virilidad, devaneos estudiantiles y arrogancia suma que me había construido en tres meses. Gracias a aquel reto a mi voluntad, entonces me sentí lo bastante entero como para renunciar a todos los placeres frívolos; se adueñó de mí la impaciencia por poner a prueba en lo intelectual aquellas fuerzas que ahora no gastaba, un ansia de seriedad, sobriedad, contención y rigor. En aquella época me entregué al estudio como quien hace un voto religioso... de nuevo, claro, sin saber nada de la sublime embriaguez que me deparaba la ciencia, y sin saber nada de que, también en ese elevado mundo del intelecto, a quien es propenso al desenfreno siempre le aguardan aventuras y peligros.

La pequeña ciudad de provincias que, con el beneplácito de mi padre, escogí para estudiar el semestre siguiente estaba en el centro de Alemania. Su gran renombre académico se contradecía radicalmente con el puñadito de casas que rodeaban el edificio de la universidad. No me resultó difícil seguir las indicaciones que me dieron en la estación, donde de entrada dejé mi equipaje, para encontrar mi *alma mater*, y, una vez dentro del edificio, diseñado con la amplitud de otros tiempos, también

25

noté de inmediato con cuánta agilidad se completaba allí el repertorio de trámites internos en comparación con el palomar que era la universidad de Berlín. En cuestión de dos horas había formalizado la matrícula y visitado a la mayoría de los profesores; solo me faltó encontrarme con mi tutor, el catedrático de Filología Inglesa, pero me indicaron que estaría por la tarde, a las cuatro, impartiendo su seminario.

Empujado por la impaciencia, no fuese a perderme una hora, tan ansioso por entregarme a la ciencia como antes por escapar de ella, a las cuatro en punto –después de dar un rápido paseo por la ciudad que, a diferencia de Berlín, parecía sumida en un profundo letargo– me presenté en el lugar indicado. El bedel me señaló la puerta de un seminario. Llamé. Y, como me dio la sensación de que desde el interior me había respondido una voz, entré.

Pero había oído mal. Nadie me había invitado a entrar, y el sonido no identificado que creyera oír no había sido más que una elevación de la voz en el apasionado discurso del catedrático, que al parecer improvisaba con sonoras palabras ante un círculo de unas dos docenas de estudiantes apiñados a su alrededor, muy cerca de él. Azorado por haberme inmiscuido allí sin permiso, intenté salir sin hacer ruido, pero tuve miedo de llamar la atención precisamente por eso, pues hasta entonces ninguno de los oyentes no se había dado cuenta de nada. Así que me quedé en la clase, cerca de la puerta, obligado a escuchar sin hacerlo a propósito.

Aquella conferencia parecía haber surgido de manera enteramente espontánea a partir un coloquio o debate, pues a eso apuntaba al menos la disposición de los estudiantes en torno al profesor, harto azarosa y exenta de formalismos: él no estaba sentado en su sillón a la distancia que la cátedra impone, sino encima de una de las mesas, con una pierna medio colgando, casi a la manera desenfadada de los jóvenes, y estos se arremolinaban en torno suyo en posturas naturales cuya relajación inicial se hubiera tornado inmovilidad de estatuas después, por el efecto de la escucha interesada. Se notaba que debían de estar hablando unos con otros, de pie, cuando el profesor, de pronto, se había subido a la mesa y, desde aquella posición elevada, los había atraído con sus palabras como con un lazo para dejarlos quietos, hechizados en el sitio. Y pocos minutos fueron necesarios para que yo mismo, olvidando lo inoportuno de mi presencia, sintiera también el fascinante magnetismo de su discurso; sin querer, me acerqué a ver los peculiares movimientos de las manos que acompañaban la palabra, como trazando un círculo a su alrededor para englobarla, y cuando era algún concepto crucial, se abrían como alas, se elevaban conmovidas y luego, poco a poco, descendían armónicamente con el gesto apaciguador de un director de orquesta. Y el discurso se tornaba cada vez más acalorado, pues la inspiración llevaba al orador, como a lomos de un corcel al galope, a levantarse rítmicamente de la dura mesa para proseguir sin aliento al ritmo que marcaba el vuelo de sus pensamientos, a su vez inmerso en una tormenta de imágenes. En mi vida había oído yo hablar a nadie con tanto entusiasmo y despertando tanta fascinación... Por primera vez experimenté lo que en latín llaman *raptus*, cómo alguien actúa y se emociona más allá de sí mismo, y es que aquellos labios arrebatados no hablaban para él ni tampoco para los demás: las palabras brotaban solas, como un torrente de fuego de una erupción interior.

Yo no había vivido nunca nada igual –un discurso así, entera manifestación del éxtasis, pasión por la palabra como fenómeno elemental–, y aquella sorpresa me cautivó de pleno. Sin ser consciente de que mis pies se movían, hipnotizado por una fuerza mayor que la curiosidad, con el paso mecánico de los sonámbulos, me incorporé al estrecho círculo como por arte de magia: sin darme cuenta, de pronto estaba dentro, a diez pulgadas del profesor y en medio de los otros estudiantes, quienes, por su parte, también estaban demasiado hechizados como para notar mi presencia o para notar cualquier otra cosa. Me vi inmerso en aquel discurso, arrastrado por aquel torrente sin saber siquiera cómo había surgido: lo más probable era que alguno de los estudiantes hubiera elogiado a Shakespeare como genio individual, en tanto que el caballero encaramado a la mesa ardía por demostrar que aquel individuo estelar tan solo era el caso más brillante del talento, la mejor muestra de la fuerza expresiva de toda una generación, el testimonio intelectual de una época en la que el sentimiento había pasado a primer plano. En un solo trazo, describió el momento crucial para Inglaterra, ese instante de éxtasis único que irrumpe sin previo aviso en la vida de cada pueblo igual que lo hace en la vida de cada persona, concentrando todas las fuerzas en un solo y poderosísimo fogonazo hacia lo eterno. De repente, la tierra resultaba ser más extensa de lo que se creía, se había descubierto un continente nuevo, y, a la vez, el poder más antiguo del mundo conocido: el papado, amenazaba con desmoronarse; al otro lado de los mares, que les pertenecían desde que la Armada Española fuera derrotada, se abrían mil nuevas posibilidades, el mundo se ha expandido, con lo cual, automáticamente, también el espíritu aspiraba a la expansión, también quería ir lo más lejos posible, rozar las fronteras del bien y de mal; quería descubrir, conquistar –sí, igual que los conquistadores de esas nuevas tierras–, y necesitaba un lenguaje nuevo, una nueva fuerza. Así pues, también surgen de repente esos poetas, los hablantes de ese nuevo lenguaje, cincuenta, cien en un margen de una década: creadores indómitos, sin medida, no como los morigerados poetas cortesanos que cantaban a la Arcadia de sus jardincitos y componían versitos sobre una mitología escogida, no: ellos toman el teatro, establecen su campo de batalla en los tinglados donde, hasta entonces, tan solo se mostraban sangrientos espectáculos con animales, y eso que la ardiente sed de sangre todavía pervive en sus obras, su propio teatro es un *circus maximus* donde las fieras salvajes de los sentimientos humanos arremeten a degüello unas contra otras. Con furor leonino dan rienda suelta a su fantasía esos corazones apasionados, cada cual muere por superar a los otros en audacia y exuberancia, todo está permitido sobre el escenario: incesto, asesinato, traición, crimen... El revoltijo de todas las desmesuras humanas celebra su orgía desaforada; del mismo modo en que antaño salían de sus jaulas las fieras hambrientas se abalanzan ahora las pasiones enardecidas, entre gritos y amenazas, a ese coso enmarcado por las tablas del teatro. Una sola explosión provocó una debacle, y se ha prolongado durante cincuenta años: un chorro de sangre, una eyaculación, un desenfreno sin parangón que abraza y desgarra a todo un mundo, pues dentro de esa orgía de la fuerza creadora apenas se distingue la voz individual, la figura individual. Cada uno se enciende con el otro, cada uno aprende, roba del otro, cada uno lucha por superarlo, por ser mucho mejor, y, sin embargo, no son todos ellos sino gladiadores de una misma fiesta, esclavos desencadenados, azuzados por el genio de tan especial momento. Genio que los saca de las tabernuchas de los barrios bajos y de los palacios –Ben Johnson era hijastro de un maestro albañil, Marlowe, hijo de un zapatero, Massinger, hijo de un caballero, Philip Sidney, un rico y erudito hombre de estado–, pero el fragor de su tiempo los arrastra y los junta a todos; un día los aplauden, al siguiente están muertos: Kyd y Heywood, en la más absoluta miseria, se mueren de hambre en King Street, al igual que Spenser; todos llevaban una vida al margen de la burguesía, pendencieros, proxenetas, comediantes, estafadores... y, sin embargo, poetas, poetas, poetas grandes todos ellos. Shakespeare tan solo es su centro: «the very age and body of the time»[1], pero no hay tiempo para darle un trato aparte en el huracán de genialidades, en la ebullición de obras, una tras otra, de pasiones, una tras otra. Y, luego, de golpe, con la misma virulencia con que brotó tal erupción, la más magnífica de la humanidad, el teatro toca a su fin, Inglaterra no da más de sí y, durante cientos de años, vuelve a envolverlo todo –el intelecto también– la niebla húmeda y gris del Támesis; en un solo embate, una estirpe entera alcanzó todas las cimas y tocó todos los fondos de la pasión, dejó que el alma enloquecida, desbordante, se le saliera del pecho... Y así quedó el país después, cansado, exhausto; un puritanismo con absurda fijación por contar sílabas cierra los teatros y, con ello, pone fin al discurso apasionado, y vuelve a tomar la palabra la Biblia, lo divino, después de que la pura esencia humana prestara la confesión más fogosa de todos los tiempos; y así una sola generación brillantísima, la única, vivió por mil.

Entonces, con un giro insospechado, la salva de fuego del discurso del profesor disparó hacia nosotros:

–¿Comprendéis ahora por qué no concibo esta asignatura por orden cronológico, partiendo del ciclo artú-

---

1. Es un pasaje de *Hamlet*, cuando el príncipe da indicaciones a los actores (III, 2, marcado en cursiva): «Amolda el gesto a la palabra y la palabra al gesto, cuidando sobre todo de no exceder la naturalidad, pues lo que se exagera se opone al fin de la actuación, cuyo objeto ha sido y sigue siendo poner un espejo ante la vida: mostrar la faz de la virtud, el semblante del vicio y *la forma y carácter de toda época y momento*». Citado según la traducción de Ángel Luis Pujante, Madrid, Austral, 1994. *(N. de la T.)*.

rico y Chaucer, sino, en contra de todas las reglas, empezando por el teatro isabelino? ¿Y comprendéis que, sobre todo, exijo familiarizarse con ellos, identificarse con esa viveza sin parangón? Pues no hay formación filológica sin experiencia, no se trata solamente de aprender la gramática sino de reconocer los valores aparejados a esa lengua y esa cultura que queréis conquistar, y vosotros, como jóvenes que sois, debéis verla primero en su etapa de máxima belleza, en la forma que refleja la fuerza de su juventud, lo más radical de su pasión. Lo primero que debéis hacer es oír la lengua a sus poetas, a quienes la crean y la perfeccionan; tenéis que haber sentido la poesía latiendo y ardiendo en el corazón antes de ponernos a diseccionarla. Por eso empiezo siempre por los dioses, pues Inglaterra es la reina Isabel, es Shakespeare y los shakespearianos; todo lo anterior es preparación de esto, y todo lo posterior, torpe intento de imitación de tan audaz salto hacia el infinito... Aquí, sin embargo, aquí está la verdadera enjundia, aquí se siente, y aquí habéis de sentirla vosotros, los jóvenes, la juventud más viva de nuestro mundo. Porque, en realidad, la única vía para conocer cualquier fenómeno, como para conocer a las personas, es la pasión. Pues el intelecto brota de la sangre, todo pensamiento es fruto de la pasión, toda pasión, de la fascinación; así pues, empezaremos por Shakespeare y su círculo, que son quienes os harán jóvenes de verdad en esta juventud que tenéis. ¡Primero, el entusiasmo, y ya vendrá después el estudio riguroso; primero él, el más grande, el más radical, el mejor y más magnífico libro de texto del mundo, antes del estudio de palabras y gramáticas! ...Y con esto hemos terminado por hoy, adiós.

Con un rápido gesto, redondeando la mano y marcando inequívocamente un punto final, acabó sin dar pie a réplicas y bajándose de la mesa. Como si lo hubieran sacudido, el racimo de estudiantes se desintegró de una vez, se oyeron crujidos y golpes de sillas, mesas desplazadas, y a veinte gargantas se les deshizo a la vez el nudo que las mantenía sin aliento, todas a una se lanzaron a hablar, a carraspear, a respirar hondo... Ahora se apreciaba en toda su dimensión la fuerza de aquel discurso hipnótico que había dejado sellados todos aquellos labios. Tanto más acalorado y libre de inhibiciones fue el barullo que se formó entonces en el reducido espacio de aquel seminario; algunos se acercaron al profesor para expresarle su agradecimiento o para decirle otras cosas, mientras que el resto intercambiaba sus impresiones con el rostro encendido; eso sí, nadie se quedó quieto, a todos les afectó aquella tensión eléctrica cuyo contacto se había cortado de golpe pero cuyo fuego y cuyo aliento aún parecían flotar en el aire como chispas.

Yo mismo me había quedado paralizado: como si me hubieran dado de pleno en el corazón. Yo, que ya era de naturaleza apasionada, incapaz de entender nada si no era desde la pasión y la entrega de mis cinco sentidos, al sentirme comprendido por un profesor, por una persona por primera vez en la vida, percibí la existencia de un poder superior al que, sin duda, sería una obligación y un placer someterse. Se me calentó la sangre en las venas, noté que se me aceleraba la respiración, en todo mi cuerpo martilleaba aquel ritmo desbocado y tiraba de mis manos y mis pies con impaciencia. Por fin cedí y fui capaz de moverme, avancé hasta la primera fila para verle la cara a aquel hombre, pues –¡qué extraño!– mientras hablaba, yo no había reparado en sus rasgos en absoluto de tanto como se desdibujaban, quedando en segundo plano durante su apasionado discurso. Ahora, de entrada, tampoco pude verlos más que como un vago perfil en sombra: estaba de pie delante de la ventana, a contraluz, medio vuelto hacia un estudiante al que le ponía la mano en el hombro en gesto de confianza. Con todo, incluso ese movimiento fugaz poseía una cordialidad y una gracia de la que jamás había creído capaz a ningún académico.

Entretanto, algunos estudiantes habían advertido mi presencia; y para que no me tomasen por un intruso lego en la materia, me acerqué unos pasos más al profesor y esperé hasta que terminó de hablar. Entonces sí logré ver su rostro: un busto romano de frente curvada, como de mármol blanco y brillante, festoneada por las ondas de un espeso cabello blanco, peinado hacia atrás; una cabeza de apariencia imponente, de intelectual nato... Claro que, luego, la parte inferior de la cara, por debajo de unas profundas ojeras, se tornaba dulce, casi femenina, por efecto de la barbilla redonda y afeitada y de la boca inquieta, cuyos labios hacía tremolar tan pronto una sonrisa, tan pronto una mueca de desasosiego. El escultor de aquella frente tan bellamente viril luego había sido más laxo en la representación de la carne, con unas mejillas fláccidas y boca poco firme; autoritario y aun soberbio de entrada, visto de cerca, su rostro reflejaba un gran esfuerzo por mantenerse bien compuesto. También la postura del cuerpo denotaba una dualidad similar. Su mano izquierda se apoyaba en la mesa, relajada, o al menos relajada en apariencia, pues en los nudillos no dejaba de manifestarse una constante vibración, un suave temblor, y los dedos delgados –tal vez demasiado delicados, demasiado suaves para una mano de hombre– combatían su impaciencia dibujando figuras invisibles en el tablero de la mesa vacía, en tanto que los ojos, de pesados párpados, sí evidenciaban implicarse en la conversación. Era difícil saber si estaba nervioso, o si es que aquellos nervios todavía no se habían recuperado de la excitación de la clase: en cualquier caso, la dispersión de aquella mano descontrolada se contradecía con el gesto de escucha serena y expectación de su cara, que parecía enfrascada en el intercambio con el estudiante, agotada pero atenta a pesar de todo.

Por fin me tocó el turno, me acerqué, le dije mi nombre y la intención con la que estaba allí, y al instante se le iluminaron los ojos. Dos, casi tres segundos enteros se prolongaría el resplandor casi azul de aquella mirada interrogante que recorrió mi cara, de la barbilla al cabello; creo que aquel delicado examen visual dio lugar a que me sonrojara, pues él replicó a mi turbación con una fugaz sonrisa.

—Bien, de modo que quiere matricularse conmigo como tutor: en tal caso, hemos de hablar con mayor detenimiento. Disculpe que no sea ahora mismo. Tengo que atender a algunas cosas; a lo mejor podría esperarme abajo, en la entrada, y así acompañarme a mi casa.

Y me tendió la mano, aquella mano delicada, estrecha, que se acomodó entre mis dedos con más facilidad que un guante, y ya estaba volviéndose para llamar a acercarse al siguiente estudiante.

Diez minutos pasaron mientras lo esperaba en la puerta de la calle, con el corazón desbocado. ¿Qué decirle cuando me preguntara por mis estudios, cómo confesarle que yo nunca me había dedicado a nada vinculado con la literatura ni por obligación ni por afición? ¿No me despreciaría o aun acabaría expulsándome desde el primer momento de aquel círculo tan fogoso en el que me había quedado hechizado aquel rato? Sin embargo, en cuanto apareció con una amplia sonrisa y avanzó hacia mí, con su sola presencia perdí toda timidez, es más, sin que él me forzara en absoluto confesé (incapaz de ocultarle nada) que el primer semestre prácticamente lo había perdido. De nuevo me envolvió su mirada cálida y llena de empatía. «También los silencios forman parte de la música», fue lo que me respondió sonriendo, y, con la clara intención de no hacerme pasar mayores apuros por mi falta de conocimiento, pasó a preguntarme meros detalles personales: de dónde era y dónde pensaba alojarme ahora. Cuando le conté que todavía no había encontrado habitación, me ofreció su ayuda y me aconsejó que empezara por preguntar en su mismo edificio, donde una anciana medio sorda alquilaba un cuartito agradable en el que, hasta el momento, todos sus estudiantes habían estado a gusto. Y de todo lo demás se ocuparía él: si yo realmente tenía intención de tomarme en serio la carrera, consideraba una muy grata obligación como docente prestarme ayuda en cuanto estuviera a su alcance. De nuevo me tendió la mano al llegar a su casa y me invitó a visitarlo la tarde siguiente para elaborar juntos mi plan de estudios. Y yo sentí una gratitud tan profunda por la inesperada bondad de aquel hombre que, cohibido, tan solo acerté a estrecharle la mano a tientas y a quitarme el sombrero, olvidándome de darle propiamente las gracias.

Como no podía ser de otra manera, alquilé de inmediato aquel cuartito en su mismo edificio. Lo habría hecho, en cualquier caso, aun cuando no me hubiera gustado nada, solo desde la ingenua gratitud que me hacía anhelar la cercanía de aquel prodigio de profesor que, en una hora, ya me había dado más que cualquiera de los anteriores. Pero, además, era un lugar encantador: la buhardilla de encima del piso de mi tutor, un poco oscura debido al saledizo de madera del frontón de la fachada, ofrecía desde la ventana una amplia vista sobre los tejados de alrededor y la torre de la iglesia; a lo lejos se atisbaba ya un cuadrado de naturaleza y, por encima, las nubes, gratísima sensación de hogar. Una ancianita sorda como una tapia atendía al inquilino de turno con un mimo maternal conmovedor; en dos minutos me puse de acuerdo con ella y, una hora más tarde, iba ya con la maleta escaleras arriba, haciendo crujir la tarima de los peldaños.

Esa tarde ya no volví a salir, es más, se me olvidó cenar, fumar. Nada más metí la mano en la maleta para sacar el libro de Shakespeare que por casualidad había incluido en el equipaje, impaciente por leerlo (después de años, como si fuera la primera vez); aquella conferencia había despertado en mí una ferviente curiosidad, y leí las palabras en verso como nunca lo había hecho antes. ¿Es posible explicar una transformación tan tremenda? Porque, de pronto, en aquel texto se me abrió un mundo, las palabras simplemente salían a mi encuentro, como si llevaran siglos buscándome; el verso corría como una ola de fuego, me arrastraba hasta calar tanto en mis venas que sentía las sienes como huecas, con la extraña ligereza de un sueño en el que volara. Me estremecía, temblaba, notaba el flujo de mi sangre más caliente, como en un rapto de fiebre... Todo aquello no me había ocurrido antes jamás, y eso que tan solo mediaba la experiencia de haber escuchado una clase fascinante. Es obvio que algún eco de aquel discurso debía de resonar aún en mi interior, pues, al repetir algún verso en voz alta, oía cómo mi voz sin querer imitaba la del profesor, las frases brotaban con su mismo ritmo embravecido, y mis manos querían desplegarse para hacer sus mismos gestos envolventes. Como por arte de magia, en una hora se había venido abajo el muro que hasta entonces se alzaba entre mí y el mundo intelectual, y mi naturaleza apasionada descubrió una nueva pasión que hasta hoy no me ha abandonado: el placer de participar de cuanto la palabra poética encierra de terrenal. Por casualidad, había dado con el *Coriolano*, y fue para mí como un delirio encontrarme, de golpe, identificado con todas las facetas de aquel romano con quien tan poco tenía que ver en realidad: orgullo, soberbia, ira, cinismo, sorna, con toda la sal, todo el plomo, el oro, con todos los metales del sentimiento. ¡Qué nuevo placer captar, comprender mágicamente todo eso! Leí y leí hasta que me ardieron los ojos; cuando miré el reloj, eran las tres y media de la madrugada. Casi asustado ante aquella nueva fuerza mágica que, durante seis horas, había excitado y al mismo tiempo paralizado mis cinco sentidos, apagué la luz. No obstante, en el interior de mi mente aún bullían las imágenes, apenas pude dormir de anhelo, expectante por el día siguiente, en el que habría de ampliar y hacer mío aquel mundo que tan maravillosamente se me acababa de abrir.

La mañana siguiente, con todo, fue una desilusión. Impaciente, fui de los primeros en llegar al aula donde mi profesor (así lo llamaré en adelante) impartía su clase sobre fonología del inglés. En cuanto entró, me espanté: ¿era el mismo del día anterior, o tan solo era fruto de mi estado de excitación y de mi recuerdo el que esperase la aparición de un Coriolano que, en medio del foro, enarbolase la palabra como un rayo, con heroica audacia, aplastando y dominando a todo el mundo? El que entró con pasos silenciosos, arrastrando los pies, era un hombre mayor, cansado. Como si le hubieran quitado de delante de la cara una pantalla de luz, desde la primera fila, donde tomé asiento, podía ver sus rasgos apagados, casi enfermizos, surcados por profundas arrugas y grandes cicatrices; dos sombras azules como medias lunas atravesaban el gris fláccido de las mejillas. Los párpados pesaban demasiado a los ojos que leían; y también la boca, de labios delgados y faltos de color, hacía que las palabras sonasen carentes de nervio. ¿Dónde había quedado su alegría, aquella euforia alimentada por su propio entusiasmo? Hasta la voz me resultó extraña; como si la materia gramatical lo hubiese devuelto a la realidad más prosaica, avanzaba con el paso monótono y cansino de quien pisa arena seca y crepitante.

Me asaltó una gran desazón. ¡Aquel no era en modo alguno el hombre al que llevaba esperando desde primerísima hora! ¿Adónde se había esfumado su rostro, el que ayer se me había iluminado como un fenómeno astral? Aquel ser era un viejo profesor hastiado perorando sobre el tema del día; y yo no dejaba de prestar una temerosa atención a cada palabra, por si volvía el tono del anterior después de todo, aquella vibración cálida que me había agarrado como una mano hecha de sonido y había elevado mi sentimiento hasta convertirlo en pasión. Cada vez más desasosegado lo seguía con la mirada, tanteando con desilusión profunda aquel rostro que ahora se me hacía ajeno; la cara, sin lugar a duda, era la misma, pero parecía que la hubieran vaciado, despojado de toda fuerza creativa, era una cara cansada, vieja, la larva apergaminada de un anciano. ¿Acaso era posible semejante cosa? ¿Se podía ser tan joven en un momento y estar tan lejos de la juventud tan poco después? ¿Existían formas de emoción repentina capaces de transformar un rostro y rejuvenecerlo décadas?

La pregunta me atormentaba. Dentro de mí ardía una especie de sed de saber más de aquel hombre de dos caras. Y, como movido por una inspiración espontánea, en cuanto terminó su clase y bajó de la tarima, pasando por delante de nosotros sin mirarnos, corrí a la biblioteca a pedir sus obras. Tal vez solo había descansado mal hoy, su energía estaba mermada por algún tipo de malestar físico: pero allí, en sus escritos, en el trabajo escrito, conservado así para la posteridad, hallaría el acceso y la clave de aquella apariencia que tan enigmática me resultaba. El empleado me trajo los libros: me sorprendió mucho que fueran tan pocos. En veinte años, aquel hombre ya entrado en años no había publicado más que una exigua serie de librillos sueltos, introducciones, prefacios, una disquisición sobre la autenticidad del *Pericles* de Shakespeare, una comparación entre Hölderlin y Shelley (de una época en la que, obviamente, ninguno de los dos estaba considerado como un genio por su pueblo)... ¿Y no había más que morralla filológica, aparte de eso? Eso sí: en todas las publicaciones aparecía anunciada, en prensa, una obra en dos volúmenes: *El Globe Theatre, su historia, su representación, sus poetas*, pero por más que el primer anuncio databa de hacía ya dos décadas, el bibliotecario me confirmó –pues se lo volví a preguntar– que no había aparecido nunca. Poco convencido y ya con bastante desánimo me puse a hojear aquellos escritos, ansioso por recuperar en ellos la voz poderosa, aquel ritmo que era como el batir del mar. El paso de aquellos textos, en cambio, seguía un compás tan serio como poco arriesgado, no trepidaba por ningún lado el ritmo bravío de aquel discurso fascinante en el que cada palabra saltaba sobre la anterior como una ola sobre otra. ¡Qué lástima!, suspiró algo dentro de mí. Me entraron ganas de darme de bofetadas, rabioso por haber sido tan confiado, tan crédulo como para entregarle mis sentimientos con tanta facilidad y rapidez.

En el seminario de la tarde, en cambio, lo reconocí. Esta vez, en principio no hablaba él. Siguiendo la costumbre de los *colleges* ingleses, había dividido a dos docenas de estudiantes en dos grupos de oradores para hacer un debate sobre un tema recientemente propuesto, relacionado con su adorado Shakespeare, en concreto: si Troilo y Crésida (de su obra favorita) podían considerarse personajes paródicos y la comedia en sí como una sátira o si, por el contrario, era una tragedia encubierta por el disfraz del humor. No tardó la conversación, azuzada por su sabia mano, en acalorarse y pasar de mero debate intelectual a discusión electrizante... Los argumentos aplastaban de forma contundente las afirmaciones a la ligera, las voces de uno y otro lado se interrumpían bruscamente añadiendo más leña al fuego hasta que los jóvenes estuvieron a punto de llegar a las manos. Entonces, cuando saltaban chispas, ya sí intervino el profesor, calmó los ánimos exaltados en demasía, supo bien cómo reconducir el asunto al tema de partida, pero dándole a la vez un secreto giro hacia lo atemporal que reforzaba la profundidad de su idea, y así se encontró, de pronto, en medio de un fuego cruzado de argumentos y contra-argumentos, él mismo felizmente exaltado, avivando y calmando a la par aquella pelea de gallos dialéctica, todo un maestro en desatar aquellos oleajes de entusiasmo juvenil de los que también se empapaba él. Apoyado en la mesa, con los brazos cruzados sobre el pecho, dirigía la mirada de uno a otro, sonriendo a este, animando a aquel, con un guiño disimulado, a formular su réplica, y le brillaban los ojos con la emoción del día anterior: yo notaba que tenía que contenerse para no arrancarles las palabras de la boca a todos de un plumazo. Pero dominarse le costaba un gran esfuerzo, yo lo veía en sus manos, cada vez más apretadas contra el pecho como una duela, lo adivinaba por cómo temblaban las comisuras de sus labios al reprimir a duras penas las palabras prontas a escaparse. Y, de pronto, fue incapaz de seguir callado, se zambulló en la marejada del debate: con un poderoso gesto que su mano trazó casi sola, puso fin al tumulto como a golpe de batuta; al instante dejaron de hablar todos, y él, como el día anterior, con los mismos movimientos envolventes, resumió el conjunto de argumentos. Y así, al tomar la palabra, reapareció también su rostro del día anterior, el nervio y la expresividad borraron las arrugas, el cuello y la espalda se estiraron con un porte de audaz poderío y desde su contenida actitud de escucha se lanzó a disertar como quien se lanza a una catarata. La improvisación lo transformaba: ahí empecé yo a intuir que al profesor, sin otra compañía que él mismo, dando clase de materias prosaicas o en la soledad de su despacho, le faltaba la chispa que en aquel seminario, con aquella tensión y fascinación sin resuello, hacía saltar por los aires el muro de su interior; necesitaba –¡ay, cómo lo sentía yo también!– nuestro entusiasmo para que el suyo se encendiera, necesitaba que nos desbocáramos para explayarse él, necesitaba nuestra juventud para ser joven a través del entusiasmo. Igual que el músico que toca el címbalo va embriagándose con el ritmo cada vez más rápido de las baquetas enloquecidas, el discurso del profesor mejoraba a medida que fluía, cada vez era más ardiente, más plástico al escoger palabras más fuertes, y, cuanto más profundamente callábamos nosotros (sin hacerlo a propósito, percibíamos en el aire nuestra respiración contenida), más elevada, más emocionante, más hímnica se tornaba su exposición. Y, durante aquellos minutos, todos le pertenecíamos por completo, su despliegue de elocuencia nos embargaba y nos embriagaba.

Como el día anterior, al terminar de manera abrupta con una referencia al ensayo que escribió Goethe sobre Shakespeare, también nuestra exaltación se interrumpió de golpe. Y, de nuevo, el profesor permaneció apoyado en la mesa, agotado, con la cara pálida, pero aún temblando y titilando muy ligeramente por la acción de los nervios, y en sus ojos se veía el extraño brillo del placer que aún se prolonga después de la culminación, como cuando una mujer acaba de soltarse del abrazo que la ha llevado al clímax. A mí me daba reparo hablarle en ese momento; sin embargo, su mirada me encontró por azar. Y, al parecer, percibió mi entusiasmado agradecimiento, pues me sonrió muy cordial e, inclinándose hacia mí, poniéndome la mano en el hombro, me recordó que habíamos quedado esa tarde en su casa.

A las siete en punto me presenté, pues. ¡Con qué temblor crucé aquel umbral por primera vez, yo, que solo era un muchacho en aquel entonces! No hay pasión más fuerte que la devoción de un joven, ni timidez mayor; no hay nada más femenino que su desasosegada vergüenza. Me condujeron a su despacho, una habitación en penumbra donde, en un primer momento, recorriendo las vitrinas con la mirada, no vi más que los lomos de colores de muchos libros. En la pared sobre el escritorio tenía colgada *La escuela de Atenas* de Rafael, un cuadro por el que (como me explicaría más tarde) sentía un amor especial, puesto que en él se simbolizaban todas las formas de enseñanza, todas las representaciones del espíritu unidas en una síntesis perfecta. Yo era la primera vez que lo veía: espontáneamente se me ocurrió que la cara de determinación de Sócrates mostraba cierto parecido con la frente de mi profesor. También vi el reverso de algo que brillaba como el mármol: el busto del *Ganímedes* de París en una bella réplica de menor tamaño; al lado, un

San Sebastián de un antiguo maestro de la pintura alemana, belleza trágica que, sin duda, no estaba colocada
justo al lado de la carnal por casualidad. Con el corazón
desbocado, esperé, conteniendo la respiración y tan
quieto como todas aquellas nobles figuras que me rodeaban; todos aquellos objetos representaban simbóli-
camente un tipo de belleza intelectual que me era nueva,
que nunca antes había captado y que todavía no terminaba de entender, si bien ya me sentía preparado para re-
cibirla en fraternidad. No obstante, tampoco me sobró
tiempo para la contemplación, pues ya entró y se acercó
a mí el anfitrión; de nuevo me rozó aquella mirada dulce
y envolvente que ardía como las ascuas bien tapadas y,
para mi propia sorpresa, derretía hasta el último de mis
secretos. Al instante hablé como a un amigo a quien, en
el fondo, era un desconocido, y, cuando me preguntó
por los estudios que había hecho en Berlín, de pronto
no pude evitar callarme –en el mismo instante, me estremecí– el episodio de la visita de mi padre, aunque le juré
solemnemente que en adelante me entregaría al estudio
con la máxima seriedad. Él me miró conmovido.

–No solo con seriedad, muchacho –dijo luego–, sobre
todo, con pasión. Quien no se apasiona, en el mejor de
los casos llegará a ser académico... Las cosas han de abor-
darse desde nuestro interior, siempre, siempre desde la
pasión.

Su voz se volvía cada vez más cálida, y la habitación
cada vez más oscura. Me habló mucho de su propia juventud, de cómo también él había estado muy disperso

al principio y no había descubierto su verdadera vocación hasta más adelante; me dijo que solo me hacía falta valor, y que, en la medida en que dependiera de él, lo encontraría a mi disposición, que me dirigiese a él con los deseos o preguntas que me surgieran. En la vida me había hablado nadie comprendiéndome tan bien, simpatizando hasta tal punto con mi propia vida; yo temblaba de gratitud y di gracias a la oscuridad, que no dejó ver mis ojos húmedos.

Podría haber pasado así horas, olvidando el tiempo, cuando tocaron suavemente a la puerta. Se abrió y entró una figura menuda, como una sombra.

–Le presento a mi esposa.

La pequeña sombra se acercó sin que llegara a ver mucho más, me dio una mano delgada y, dirigiéndose a él, anunció:

–Está lista la cena.

–Sí, sí, ya sé –respondió él apresuradamente y (o al menos así me lo pareció a mí) con cierto fastidio. Su voz había adquirido, de repente, una nota fría, y, en el momento en que se encendió la luz eléctrica, quien se despidió de mí con un gesto poco efusivo era otra vez el hombre envejecido de las prosaicas aulas universitarias.

Las dos semanas que siguieron las pasé en un auténtico furor de lecturas y estudio. Apenas salí de mi buhardilla, comía y cenaba de pie para no perder tiempo, estudiaba sin parar, sin descanso, casi sin dormir. Me sentía como el príncipe de ese cuento oriental que va abriendo los

candados de muchas puertas de aposentos cerrados y
encontrando en todos montañas de joyas y piedras pre-
ciosas, y recorre toda la hilera de puertas, cada vez más
impaciente por llegar a la última. Así me lanzaba yo de
un libro a por el siguiente, extasiado con cada uno, pero
sin llegar a saciarme nunca: mi incontrolable tendencia
al exceso se había desplazado ahora a lo intelectual. Me
había cautivado un primer atisbo de la amplitud insondable del universo del intelecto, tan tentador como antaño aquel otro mundo de aventuras de la metrópoli, pero
también me asaltaba el miedo infantil a no ser capaz de
superarlas; así que ahorraba en sueño, en diversiones, en
conversaciones, en distracciones de cualquier índole,
con tal de aprovechar el tiempo que, por primera vez,
me parecía valioso. Por otra parte, lo que más alimentaba aquel afán era la vanidad de estar a la altura de mi profesor, de no defraudarle, de conquistar una sonrisa de
aprobación de su parte, de que me viera como yo lo veía
a él. Cualquier ocasión fugaz me servía como prueba; no
paraba de avivar mis sentidos, torpes, pero extrañamen-
te inspirados, con tal de impresionarlo, de sorprenderlo;
si, en clase, nombraba a algún autor cuya obra me era
desconocida, por la tarde me lanzaba a la investigación
para, al día siguiente, poder alardear de conocimientos
en el debate. Cualquier deseo que expresara mi profesor
al azar se convertía para mí en una orden: bastaba un
simple comentario contra la costumbre de los estudiantes de fumar a toda hora y en todas partes para que, de
inmediato, yo apagase el cigarrillo y dejase el vicio para

siempre. Como la palabra de un evangelista, para mí la suya era una gracia y un mandamiento; siempre atento, mis sentidos aguzados al máximo atrapaban ansiosos cualquier observación puntual que pudiera hacer. Atesoraba ávidamente cada palabra, cada gesto, y en casa me desvivía por explorar y aprenderme todo con auténtica fruición; y del mismo modo en que mi único guía era él, desde aquella adoración exclusiva que le profesaba, veía a los demás compañeros como meros enemigos con quienes mi celosa voluntad no concebía otra relación que la de pisotearlos y machacarlos a diario.

Él debía de percibir cuánto significaba para mí, o tal vez había tomado cariño a mi fogoso temperamento, porque, en cualquier caso, no tardó en poner de manifiesto que me tenía un aprecio especial. Me asesoraba con las lecturas, en los debates daba preferencia al recién llegado al grupo de una forma casi improcedente, y a menudo me permitía visitarle al final de la tarde para charlar en privado. Entonces solía tomar alguno de los libros de sus estanterías y, con aquella voz cadenciosa que con la emoción siempre adquiría un tono más agudo y más musical, leía fragmentos de poemas o de tragedias o me explicaba cuestiones controvertidas; en aquellas primeras dos semanas mágicas aprendí más sobre la esencia del arte que en los diecinueve años anteriores. Siempre pasábamos a solas aquella hora que siempre se me hacía demasiado corta. Hacia las ocho, en cambio, tocaban a la puerta con mucha discreción: su esposa lo llamaba a cenar. Ahora bien, nunca volvió a poner el pie en el despacho, imagino que cumpliendo la orden de no interrumpir nuestra conversación.

Así habían transcurrido quince días, días de principios de verano, intensísimos y calurosos cuando, una mañana, me encontré sin fuerzas, incapaz de trabajar, como un muelle de acero que se hubiera dado de sí. Ya antes me había advertido mi profesor del peligro de excederme en mi afán... y he aquí que su pronóstico se había cumplido: me desperté ofuscado después de un sueño ofuscante, las letras chisporroteaban como cabezas de alfiler en cuanto intentaba leerlas. Obediente cual fiel esclavo incluso a la más nimia palabra de mi profesor, al momento decidí tomarme un día libre y de asueto entre tantos de incesante estudio. Salí de buena mañana, visité por primera vez la ciudad, que tenía un barrio medieval, y con el único el fin de ejercitar el cuerpo subí los cientos de escalones que conducen hasta lo alto de la torre de la iglesia, desde donde descubrí un pequeño lago entre el verdor de los alrededores. Como buen nativo del norte y de la orilla del mar, también me apasionaba el deporte de la natación y, precisamente allí, en lo alto del campanario, hasta donde llegaba el resplandor de los prados moteados de luz como si de una gran marisma verde se tratase, me asaltaron, como una tormenta de viento de mi tierra, unas ganas irrefrenables de volver a zambullirme en mi adorado elemento. Así pues, después de comer, en cuanto localicé la zona de baño y me moví en el agua, mi cuerpo empezó a sentirse bien de nuevo, los músculos de los brazos se estiraron de nuevo con fuerza y flexibilidad, después de semanas; en cuestión de media hora, el sol y el viento en la piel me devolvieron al joven indómito de antes, el que se metía en peleas con los compañeros o arriesgaba su vida por cualquier valentonada; y allí chapoteando y estirándome a gusto y placer, ni me acordé de los libros y la ciencia. Con el frenesí que me es propio, pasé dos horas disfrutando como un poseso de aquel elemento olvidado y recuperado, me tiraría del trampolín unas treinta veces para descargar mi exceso de energía en la zambullida, había atravesado el lago a nado dos veces y aún seguía sin calmar mi desenfreno. Sin resuello y con todos los músculos ya resentidos, me puse a buscar con la mirada alguna nueva prueba, impaciente por acometer algo arriesgado, osado, por dar rienda suelta a mi soberbia.

Entonces se oyó el crujir de las tablas del trampolín de la zona de mujeres; acercándome, sentí el temblor que un fortísimo impulso había ocasionado a la construcción. Y al instante, en una postura impecable como resultado del salto, en curva semicircular como un sable turco, vi volar por los aires y luego caer de cabeza un esbelto cuerpo femenino. Durante unos segundos, el salto abrió un remolino de rumorosa espuma blanca en el agua, y luego emergió el terso cuerpo que se echó a nadar con enérgicas brazadas hacia la isla del lago. «¡A su encuentro! ¡Ya mismo!». El afán deportivo espoleó mis músculos, salté al agua yo también, adelantando los hombros para seguirle el ritmo como fuera. Ella, dándose clara cuenta de la persecución, aprovechó bien la ventaja que me llevaba, dejó la isla a un lado y se apresuró a dar media vuelta. Yo, que tampoco tardé en adivinar sus intenciones, giré igualmente a la derecha y moví brazos y piernas con tanta fuerza que mi mano casi rozaba la espuma que levantaba ella; era mínima la distancia que nos separaba, cuando la muy astuta, de pronto, se sumergió y recorrió el resto del trayecto buceando para, al cabo de un ratito, asomar ya muy cerca de la barrera de la zona de mujeres, donde me estaba vetado continuar cualquier persecución. Chorreando, la vencedora subió por la escalerilla: tuvo que pararse unos instantes, llevándose la mano al pecho, pues al parecer le faltaba el aliento; luego, en cambio, se volvió y, al verme detenido en la frontera, sonrió de oreja a oreja con gesto triunfal. Entre que le daba el sol directo y el gorro de baño que llevaba no pude verle bien la cara; solo llegó el brillo blanco y burlón de la sonrisa que dedicó al perseguidor derrotado.

Sentí rabia e ilusión al mismo tiempo: era la primera vez desde Berlín que recibía de nuevo la mirada de aprobación de una mujer... tal vez anunciaba una aventura. Con tres brazadas recorrí la zona de baño de hombres y, a toda prisa, me puse la ropa sobre el cuerpo aún mojado para alcanzarla sin falta en la salida. Tuve que esperar diez minutos hasta que apareció mi soberbia contrincante –irreconocible de tan menudo como parecía su atlético cuerpo de muchacho–, caminando con paso ligero que aún aceleró en cuanto me vio allí esperándola, con la clara intención de impedir que la abordase. Caminaba con el mismo empuje con que había estado nadando, todos los músculos y articulaciones obedecían elásticamente a aquel delgado cuerpo de efebo... tal vez demasiado delgado. A mí me costó seguir sus veloces zancadas, me quedé sin aliento para alcanzarla sin llamar la atención. Por fin lo conseguí; en una curva del camino, me las ingenié para cruzarme con ella, me quité el sombrero con el gesto teatral propio de los estudiantes y le pregunté, antes incluso de haberla mirado bien a la cara, si me permitía acompañarla. Ella me devolvió una mirada burlona de reojo y, sin reducir la velocidad, me replicó con una ironía rayana en la provocación:

–Si no voy demasiado rápido para usted, por qué no. Tengo mucha prisa.

Animado por su naturalidad, me aventuré a hablar mucho más, le hice una docena de preguntas curiosas, tontas en su mayoría, pero que ella respondió de buena gana y con un desenfado tan asombroso que, en realidad, sentí que me confundía más que plegarse a mis intenciones. Pues el código de entablamiento de conversación con una mujer que conocía yo de Berlín se basaba más en la resistencia y las ironías que en aquella actitud franca mientras caminábamos al trote, con lo cual, por segunda vez, tuve la sensación de topar, y muy torpemente, con una contrincante muy superior a mí.

Pero aún habría de suceder algo peor. Pues cuando, en la multiplicación de insistentes indiscreciones, le pregunté dónde vivía, se volvieron hacia mí dos brillantes ojos de color avellana y su mirada orgullosa ya no quiso ocultar la risa:

—Tan cerca de usted que ni se lo imagina.

Atónito, me quedé parado y con la vista fija. Ella volvió a mirarme de reojo, para comprobar si su dardo había dado en el blanco. En efecto, clavado en la garganta lo tenía. De golpe, se me cortó el tono de sinvergüenza berlinés y, muy inseguro, es más: solícito, tartamudeé si acaso le resultaba una molestia mi compañía.

—En absoluto, ¿por qué? —sonrió otra vez—, si estamos a dos calles nada más, ¿cómo no vamos a recorrer ese trecho juntos?

A mí en aquel momento me bullía la sangre, no podía con mi alma y a la vez no podía hacer nada; poner cualquier excusa hubiera sido todavía más humillante, así que tenía que ir con ella hasta mi casa. Al llegar, de pronto, se detuvo, me tendió la mano y dijo con suma naturalidad:

—Gracias por la compañía. Por cierto, esta tarde a las seis viene a ver a mi esposo.

Debí de sonrojarme como una amapola de la vergüenza. Claro que, antes de poder disculparme, ella ya había desaparecido ágilmente escaleras arriba, y yo me quedé allí parado, rememorando con horror las tonterías que había tenido el inoportunísimo descaro de decirle. La había invitado a una excursión de domingo como si fuera una modistilla, había lanzado piropos de lo más manido a su figura, luego le había soltado la clásica cantinela sentimental del estudiante solitario... sentí que iba a vomitar de vergüenza de la bola de asco que se me había formado. Y ahora ella, henchida de soberbia, iría a contárselo a su marido riendo, le revelaría todas aquellas pavadas mías al hombre cuya opinión pesaba para mí más que nada en el mundo y cuando quedar en ridículo delante de él se me antojaba un tormento infinitamente peor que ser azotado en cueros en plena plaza del mercado.

¡Qué horas más espantosas hasta que llegó la tarde! Mil veces me imaginé cómo me recibiría mi profesor, con su fina sonrisa irónica... ¡Ay! Bien sabía yo que era un gran maestro del arte del sarcasmo, muy diestro en afilar una puya al rojo vivo de tal suerte que se te clavaba hasta hacer sangre. No creo que ningún condenado subiera al cadalso más angustiado de lo que subí yo por su escalera aquella tarde, y apenas hube entrado en el despacho, tragando saliva con harto esfuerzo, mi confusión fue a más cuando creí oír el suave frufrú de la tela de un vestido en la habitación contigua. Seguro que estaba escuchando, la muy arrogante, recreándose en mi horroroso apuro, a la espera de compartir la escena en que el deslenguado jovencito quedaba en ridículo. Por fin llegó mi profesor.

–¿Qué le pasa? –preguntó preocupado–. Hoy lo veo muy pálido.

Yo hice un gesto de negativa con la mano, esperando el golpe para mis adentros. Pero la ejecución no tuvo lugar, el profesor se puso a hablar de asuntos científicos: ni una sola de sus palabras –y no sería porque en mi temor no presté atención a todas– encerraba la menor ironía. Y entonces –primero con asombro, después con alegría– lo comprendí: ella no le había dicho nada.

A las ocho tocaron a la puerta, como de costumbre. Yo me despedí: el corazón se me había parado formando un nudo en el pecho. Cuando salí por la puerta, me crucé con ella: la saludé y ella me respondió con una leve sonrisa en la mirada. Volvió a circularme la sangre e interpreté su perdón como una promesa de que también en lo sucesivo se guardaría de decir nada.

De aquel momento en adelante comenzó para mí una nueva forma de interés; hasta entonces, mi absoluta devoción infantil había creado una imagen de mi idolatrado profesor como un genio de otro mundo hasta el punto de olvidar por completo que también tenía una vida terrenal, por así decirlo. En el exceso de idealización, inevitable cuando en verdad se idolatra a alguien, ni se me había pasado por la cabeza relacionar su existencia con todas esas cosas que hacemos a diario porque así lo dicta el metódico orden de nuestro mundo normal. E igual que quien se enamora por primera vez no osa ni imaginarse cómo sería desnudar a la joven objeto de su idolatría ni tampoco contemplarla con la misma naturalidad que a todo el resto de criaturas que van vestidas, yo tampoco me atrevía a entrometerme ni siquiera con un fugaz vistazo en lo que pudiera ser su existencia privada; no veía a mi profesor sino de una forma sublimada, desvinculado de cualquier elemento prosaico y común, siempre como un mensajero de la palabra, como el recipiente del espíritu creador. Ahora bien, cuando aquella aventurilla tragicómica de golpe me hizo darme cuenta de que tenía esposa, no pude evitar fijarme en su vida familiar y doméstica; en el fondo, contra mi voluntad, aquel suceso inoculó a mi mirada la curiosidad de un voyeur desazonado. De la mano de aquella mirada surgió en mi interior el desconcierto, puesto que la existencia de aquel hombre dentro de las cuatro paredes de su casa era de lo más peculiar, enigmática hasta un extremo que daba un poco de miedo. Desde la primera vez que me invitaron a cenar y no estuve con él a solas, sino también con su esposa, a los pocos días del encuentro en el lago, me surgió la extraña sospecha de que aquella convivencia estaba impregnada de una frialdad extraña, sensación que habría de tornarse más desconcertante todavía a medida que penetraba en aquel círculo más personal de la casa. No podía decirse por ninguna palabra o gesto que entre ambos existiera tensión o disgusto alguno, sino todo lo contrario: era su ausencia, la absoluta falta de tensión de cualquier tipo entre ellos, para bien o para mal, lo que los envolvía en aquel halo de misterio y extrañeza; era como una calma total de los sentimientos lo que pesaba en el ambiente y tornaba aquella atmósfera mucho más angustiosa que la tempestad de una pelea o los relámpagos de un rencor enconado. En lo externo, nada revelaba irritación ni tensión; solo que así el distanciamiento interno se notaba mucho, muchísimo más. Pues el intercambio de pregunta y respuesta de sus parcas conversaciones se asemejaba a cuando uno se apresura a soltar algo que solo toca con las puntas de los dedos, jamás se entrelazaban, jamás iban realmente de la mano, e incluso conmigo, sentado a su mesa, mantenían una conversación envarada y forzada. A veces se nos congelaba la conversación hasta que volvíamos al trabajo, y se quedaba como un gran bloque de silencio que ninguno se atrevía a romper y cuyo gélido lastre me mantenía angustiado después durante horas.

Lo que más aterrador me parecía era la soledad tan absoluta de mi profesor. Aquel hombre extrovertido y que tanto necesitaba explayarse no contaba con un solo amigo, tan solo tenía trato y hallaba consuelo en sus estudiantes. Con los compañeros de la universidad no tenía más relación que la pura cortesía, a tertulias o fiestas no iba jamás; a menudo no salía de casa sino para recorrer los veinte pasos que distaba de la facultad. Todo se lo guardaba dentro y se lo callaba, sin confiarlo ni a las personas ni al papel. Y así comprendí también aquellos arrebatos que le daban, aquellos auténticos aludes verbales en el círculo de su seminario: en tales momentos hacía erupción el deseo de comunicarse que tenía acumulado durante días y días, todas las ideas que había barruntado en silencio salían desbocadas, valga la metáfora del caballo que echa a correr como disparado del establo, como loco, cuando se abría la barrera del silencio y podía emprender la carrera que sus palabras ansiaban.

En casa era muy raro que hablase, y más raro que con nadie, con su mujer. Y hasta un inexperto joven como el

58

que era yo se dio cuenta, con temeroso y casi avergonzado asombro, de que allí, entre aquellas dos personas, flotaba una sombra, siempre había una sombra flameando en el ambiente, una sombra de un material intangible, pero capaz de aislar por completo al uno del otro, y por primera vez me di cuenta de cuánto secreto puede encerrar un matrimonio de cara a la galería. Como si en el umbral del despacho estuviera grabado el símbolo de la estrella de cinco puntas, la esposa jamás se atrevía a traspasarlo si no se lo pedía él: así se marcaba la frontera visible de aquel mundo intelectual vetado por completo para ella. Y si algo no toleraba mi profesor era que, en presencia de ella, se hablara de sus planes y trabajos; es más, a mí hasta me resultaba violento cómo, en cuanto entraba la mujer, él cortaba de un tajo la entusiasmada frase. Era casi ofensivo y, sin duda, un desprecio cómo no se molestaba en disimular, aunque solo fuera por cortesía, hasta qué punto le negaba en rotundo cualquier posibilidad de participación; cierto era también que la que podría haberse ofendido bien no se enteraba o bien ya se había acostumbrado. Ella, con su cara de muchacho arrogante, ligera y vigorosa, fibrosa y veloz, volaba escaleras arriba y abajo, siempre estaba haciendo mil cosas y, con todo, siempre tenía tiempo para ir al teatro y no perdía una sola ocasión de practicar algún deporte; para los libros, por el contrario, para las tareas de la casa, para todo lo que implicara permanecer encerrada, en calma, reflexionando, aquella mujer que rondaría los treinta y cinco años parecía no estar hecha en absoluto. Solo parecía estar a gusto cuando –siempre tarareando, riendo de buena gana y siempre dispuesta a entablar una conversación aguda– podía desfogar el cuerpo: bailando, nadando, caminando, con cualquier actividad que implicase un gran gasto de energía. Conmigo nunca hablaba en serio, siempre me hacía rabiar como a un adolescente; en el mejor de los casos me tomaba por un compañero en sus audaces pruebas de fuerza. Aquella manera de ser, tan nerviosa, tan amante de la actividad física, era el polo opuesto a la introversión total, a la oscura forma de vivir de mi profesor, a quien solo daba alas lo intelectual, con lo cual yo no dejaba de preguntarme con inmenso asombro qué podría haber unido, en su día, a aquellas dos naturalezas tan distintas. Por otro lado, claro, lo que para mí mismo constituía un estímulo era justo aquel extraño contraste: cuando, exhausto del trabajo, entablaba una conversación con ella, sentía como si me quitaran un casco que me oprimía la frente; todas las cosas, revueltas por el efecto de un acaloramiento extático, volvían a un orden terrenal y claro como el día, el lado luminoso y sereno de la vida hacía valer sus derechos como en un juego, y lo que casi se me olvidaba con la tensión de la presencia de él: la risa, me procuraba una balsámica liberación del peso abrumador de tanta intelectualidad. Entre ella y yo se forjó un tipo de camaradería como el habitual entre dos muchachos, y precisamente porque solo charlábamos de cosas superficiales o íbamos juntos al teatro, no había tensión alguna en nuestro trato. Un solo elemento cortaba por sistema el total desenfado de nuestras conversaciones, todas las veces con un gran desconcierto por mi parte: la mención del nombre de él. Ella siempre respondía a la curiosidad de mis preguntas levantando un muro de silencio o, si el nombre se me había escapado en el calor de un animado relato, con una enigmática sonrisa contenida. En cualquier caso, los labios de aquella mujer permanecían sellados: de manera distinta, pero con la misma rotundidad que su esposo, también ella lo mantenía enteramente al margen de su vida. Y, con todo, el matrimonio llevaba casi quince años viviendo bajo el mismo techo de silencio.

Cuanto más impenetrable se volvía aquel misterio, tanto más fuerte era la tentación que constituía para mi visceral impaciencia. Allí había una sombra, un velo, con cada soplo de aire que levantaba una palabra lo sentía yo ondear muy cerca; en más de una ocasión creí ver un hilo del que tirar, pero al instante se me escapaba el tejido impenetrable para, a continuación, envolverme de nuevo, y sea como fuere jamás llegaba a cristalizar una palabra clave, una forma tangible. No hay nada más perturbador, como tampoco mayor acicate para una persona joven que entrar en el desesperante juego de las conjeturas; a la imaginación, dispersa cuando está ociosa, le basta con que de pronto salga a la luz un objetivo que perseguir para lanzarse a por él como posesa, por el puro y recién descubierto placer de la persecución. Y así fue cómo, en aquellos días, también desarrollé una agudeza de los sentidos del todo nueva; yo que, hasta entonces, iba por la vida sin fijarme demasiado en nada, de pronto adquirí un oído finísimo, capaz de captar cualquier inflexión del tono de voz que revelase algo, una vista aguda y de tal suspicacia que no dejaba escapar detalle a su alrededor, una curiosidad incesante y que no se cansaba de escrutar la oscuridad... Mis nervios se tensaban hasta el dolor, siempre en alerta para engancharse a alguna intuición y sin hallar nunca el reposo de una sensación de certeza.

A pesar de todo, no puedo condenar aquella curiosidad exacerbada, pues no dejaba de ser una curiosidad sana. Lo que mantenía mis cinco sentidos en aquel estado de excitación permanente no era fruto del voyerismo morboso de quien ansía sorprender a una persona que cree superior en una actitud humana común y que lo rebaje, sino todo lo contrario: me movía un miedo inconfesado, una compasión desesperada que no sabía cómo actuar, pues, sin saber por qué, yo intuía y temía que aquellas dos personas envueltas en silencio estaban sufriendo. Cuanto más entraba en la vida de mi profesor, más me afectaba también aquella sombra que ya había hecho mella visible en su rostro, tan adorado por mí, más me afectaba aquella melancolía, noble porque la dominaba noblemente, pues jamás consentía que cayera en el mal humor sin modales o en una ira desconsiderada; si, siendo mi profesor un desconocido, al principio me había atraído la fuerza arrolladora y ardiente como la lava de su palabra, ahora que lo conocía bien me conmovía tanto más su actitud callada, la nube de tristeza que flotaba sobre su frente. Nada conmueve más la sensibilidad de un joven que esa forma de pesadumbre noblemente masculina: el *Pensador* de Miguel Ángel[1], con esa mirada baja y fija en su propio abismo, el amargo rictus con la boca contraída de Beethoven... Esas máscaras trágicas del sufrimiento universal conmueven mucho más a las almas todavía en formación que las argénteas melodías de Mozart y la luz palpable de las figuras de Leonardo. Puesto que la juventud es belleza ella misma, su transfiguración no le hace falta; sobrada de fuerzas vitales, se inclina hacia lo trágico y con gusto permite a la tristeza beber dulces tragos de su sangre aún inexperta: a eso se debe igualmente la eterna disposición al peligro que muestra toda juventud, como también la mano que tiende fraternal a cualquier pena del espíritu.

Aquella era, pues, mi primera experiencia de uno de esos rostros de sufrimiento profundo. Hijo de gente corriente, yo, que había crecido sin dificultades y al abrigo de un entorno burgués, solo conocía la preocupación a través de las ridículas máscaras de la vida cotidiana, encarnada en los enfados, en el manto amarillo de la envidia, a través del tintineo ruin de contar dinero... El dolor verdadero de aquel rostro, sin embargo –no tardé en darme cuenta–, procedía de un elemento más sagrado.

---

1. En realidad no hay ninguna obra de Miguel Ángel con ese nombre, si bien el célebre *Pensador* de Rodin (1880) se inspira en esculturas suyas, tanto en la Tumba de Lorenzo de Médicis como en el *Moisés*, con lo que el autor podría referirse a alguna de ellas. Por la descripción, sería más probable que se refiriese a la primera. *(N. de la T.)*.

Lo oscuro de su persona tenía sus orígenes en las tinieblas, el despiadado cincel que había grabado surcos y cicatrices en unas mejillas prematuramente carcomidas procedía de su interior. A veces, cuando entraba en su despacho (siempre con el recelo de un niño al rondar por una casa donde moran los fantasmas) y él, en su ensimismamiento, no me había oído llamar, cuando me encontraba allí de pronto, avergonzado y consternado frente al profesor abstraído por completo, me parecía como si aquel hombre solo fuera Wagner, el criado de Fausto, la larva del amo vestida con sus ropajes, en tanto que su espíritu se hubiera marchado a revolotear por cumbres misteriosas y escalofriantes Noches de Walpurgis. En aquellos momentos, sus sentidos se bloqueaban, no oía ni los pasos que se le acercaban ni la voz que lo saludaba con timidez. Cuando entonces se daba cuenta, de golpe, intentaba disimular su embarazo apresurándose a tomar la palabra: iba de un lado para otro y se esforzaba por hacer preguntas que me distrajeran de mirarlo. A pesar de todo, la oscuridad seguía nublándole la frente y, hasta que no surgía el calor de la conversación, no se disipaban todas aquellas nubes agolpadas en su interior.

Es imposible que en algunas ocasiones no percibiera cuánto me conmovía verlo así, tenía que notármelo en los ojos, en las manos inquietas, tal vez intuía que en mis labios vibraba el ruego de que confiara en mí, o tal vez detectara por mi actitud cautelosa el deseo inconfesado de que compartiera su dolor conmigo, que lo depositara en mí. Estoy seguro de que se daba cuenta, pues interrumpía la animada conversación sin venir al caso y me miraba muy emocionado, es más, aquella mirada oscurecida por su propia intensidad me absorbía. Y ahí solía tomarme de la mano, y la sostenía un rato inquietantemente largo... Y yo siempre esperaba lo mismo: ahora, ahora, ahora hablará conmigo. Pero, en lugar de ello, después solía soltarme con un gesto brusco, a veces incluso con algún comentario irónico a modo de jarro de agua fría. Él, que vivía el entusiasmo, que lo había despertado y alimentado en mí, de golpe lo barría como quien borra un error en un texto mal escrito, y cuanto más predispuesto y deseoso me veía, ardiendo por ser su confidente, tanto más hosca era su reacción de rechazo con palabras de hielo como: «Eso no lo va a entender usted» o «Déjese de exageraciones», palabras que a mí me dolían y me sumían en la desesperación. ¡Lo que sufrí con aquel hombre, imprevisible como una tormenta, que pasaba así del calor al frío, que sin querer me ponía en ascuas para, de golpe, bañarme en hielo, que, con aquel temperamento suyo, se desbocaba él mismo para luego agarrar el látigo de la ironía! ¡Ay, sí! Yo tenía la desgarradora sensación de que, cuanto mayor era mi anhelo de llegar a él, mayor era la dureza –por no decir: el miedo– con que me rechazaba. Nada, nada debía acercarse a él, a su secreto.

Porque era un secreto, así fui convenciéndome en mi fervor, era un secreto lo que latía, extraño y siniestro, en aquellas profundas tinieblas que tan hechizado me tenían. Yo intuía que mi profesor callaba algo por la curiosa manera en que huía su mirada, que habiendo avanzado fogosa, retrocedía con temor al instante, cuando uno le mostraba gratitud; lo notaba en los labios fruncidos con amargura de su mujer, en la reservada y fría distancia en su trato con la gente de la ciudad, que casi ponía cara de disgusto cuando se le dedicaba algún elogio... en cien detalles insólitos y que chirriaban sin motivo. Y qué tormento era para mí pensar que formaba parte del círculo más íntimo de aquella vida y, sin embargo, no hacía más que dar vueltas como en un laberinto, incapaz de hallar el camino hacia el núcleo de todo y hacia su corazón.

Ahora bien, lo más inexplicable, lo más excitante de todo eran sus escapadas. Un buen día, al llegar a la facultad, habían puesto un cartel anunciando que se interrumpían las clases durante dos días. Los estudiantes no parecieron extrañarse en absoluto, pero yo, que había estado visitándolo el mismo día anterior, corrí a su casa con miedo a que hubiera caído enfermo. Su mujer se limitó a sonreír ligeramente al ver la angustia con que irrumpí preguntando por él.

–Sucede a menudo –dijo con una frialdad que me sorprendió–, solo que usted no lo ha vivido aún.

Y, en efecto, supe por mis compañeros que no era infrecuente que el profesor desapareciera así, de un día para otro, a veces mandaba un simple telegrama para disculparse; una vez, un estudiante se lo había encontrado por una calle de Berlín a las cuatro de la mañana; un segundo estudiante, en una taberna de otra ciudad. El

profesor salía disparado de la ciudad como el corcho de
una botella, volvía, y nadie sabía dónde había estado.
Aquella marcha sin explicación me afectó como una en-
fermedad: pasé aquellos dos días con la cabeza en otra
parte, nervioso, incapaz de concentrarme. De pronto,
sin su acostumbrada presencia, el estudio me parecía ab-
surdamente vacío, me consumían las elucubraciones
más enrevesadas, fruto de los celos, es más: sentí un poco
de odio y de rabia porque se hubiera mostrado tan cerrado, por haberme dejado: a mí, que me moría por estar
cerca de él, tan apartado de su verdadera vida, al margen
como un mendigo en medio de una helada. En vano me
decía que yo, estudiante muy joven, después de todo no
tenía ningún derecho a pedirle cuentas ni detalles a mi
profesor, que su bondad para conmigo ya era muestra
de una confianza cien veces mayor de lo que cualquier
tutor académico está obligado a ofrecer. No obstante, la
razón no tenía mucho poder sobre una pasión en ascuas: diez veces al día me presentaba, cual torpe colegial,
a preguntar si ya estaba de vuelta, hasta que acabé notan-
do cierta irritación en las respuestas, negativas y cada vez
más adustas, de su esposa. Me pasaba la mitad de la noche en vela, aguzando los oídos por si oía llegar sus pasos, por las mañanas rondaba por su puerta, ya sin atre-
verme a preguntar más. Y cuando, por fin, al tercer día,
fue él quien entró en mi cuarto de forma inesperada, me
dio un vuelco el corazón: el susto que me llevé debió de
ser tremendo, o así me lo pareció al menos por su reacción de sorpresa y apuro, a lo que siguió su urgencia por

disimular mediante unas cuantas preguntas sin fuste. Sus ojos me rehuían. Por primera vez, la conversación que entablamos consistió en dar rodeos sin sentido, las palabras se atascaban, todo eran tropiezos, y, como ambos evitábamos cualquier alusión a los días de ausencia, justo aquello que no queríamos verbalizar impedía que fluyera cualquier otro verbo. Cuando me dejó, las ascuas de la curiosidad se transformaron en llamas, y empecé a consumirme, ya estuviera dormido o en vela.

Semanas enteras se prolongó aquella lucha por encontrar alguna clave y comprenderlo en mayor profundidad: contumaz, seguí empeñado en hallar un acceso al núcleo de fuego que imaginaba ardiendo como un volcán por debajo de aquella roca de silencio. Por fin, en un momento feliz, logré abrir una primera grieta hacia su mundo interior. Como tantas veces, había estado sentado con él en su despacho hasta el anochecer, y de un cajón con llave sacó algunos sonetos de Shakespeare; primero leyó sus propias traducciones de esas maravillas de la concisión que parecen hechas de bronce para luego proceder a la iluminación de lo que en apariencia es una escritura impenetrable pero que él descifraba con tal magia que, en mi profundo gozo, me asaltó a la vez una gran pena de que todo aquello con que me regalaba un hombre tan extraordinario habría de perderse por no transmitirlo sino de forma oral. Entonces, de pronto me armé de valor –¿de dónde lo sacaría?– y le pregunté por qué no había terminado su gran obra, *La historia del Globe Theatre*... Claro que, al tiempo que me atrevía pronunciar aquellas palabras, me asaltó el miedo a estar metiendo el dedo en una llaga secreta y, sin duda, todavía dolorosa. El profesor se levantó, se volvió hacia otro lado y durante un rato largo no dijo nada. El despacho de pronto se sentía impregnado de penumbra y silencio. Por fin se me acercó de nuevo, primero me miró muy serio, y los labios le temblaron varias veces antes de entreabrirse un poco; el dolor era evidente en la confesión que salió de ellos:

—Ya no puedo trabajar en nada de envergadura. Eso se acabó: solo la juventud es capaz de urdir planes tan ambiciosos. Ahora ya no tengo fuerza de voluntad. Me he convertido... ¿por qué negarlo?, en un hombre de breves instantes, no tengo resistencia alguna. Antes tenía más fuerzas, pero las he perdido. Solo soy capaz de hablar: a eso sí llego a veces... hay algo, algo superior que tira de mí. Pero lo que es sentarme a trabajar en silencio, siempre solo, siempre solo... eso ya no lo consigo.

Su actitud resignada me llenó de consternación. Y, desde el más profundo convencimiento, le insistí en que aquel saber que cada día compartía con nosotros con tanta generosidad no solo debía difundírnoslo sin más, sino que era fundamental conservarlo dándole una forma propia.

—No puedo escribir —repitió, cansado—, no me concentro lo suficiente.

—¡Dicte, entonces! —y, entusiasmado con la idea, casi le supliqué: —Díctemelo a mí. Inténtelo al menos. El principio nada más, y quizá baste con eso... quizá usted mismo no pueda volver atrás una vez empiece. ¡Pruebe a dictar, se lo ruego, hágalo por mí!

Levantó la mirada, primero con enorme asombro y, poco a poco, más hecho a la idea. De algún modo, parecía estar considerándola.

–¿Por usted? –repitió–. ¿De verdad cree que aún podría hacerle ilusión a alguien que un viejo como yo se embarcase en un proyecto?

Ahí sentí que, aunque todavía vacilante, empezaba a ceder, lo sentí en su mirada, que seguía envuelta en sus nubes de introspección, pero, al calor de la esperanza, iba abriéndose paso y tornándose más luminosa.

–¿De verdad lo cree? –repitió, y ya percibía yo que de su interior brotaba una energía que le insuflaba ánimos para ello, y entonces, de golpe, dijo: –¡Intentémoslo, pues! La juventud siempre tiene razón. De sabios es ceder ante ella.

El regocijo incontrolable del que fui presa, mi triunfo, pareció darle vida: empezó a recorrer el despacho de un lado para otro, casi con la exaltación propia de un joven, y acordamos lo siguiente: todas las noches, a las nueve, directamente después de la cena, dedicaríamos una hora a intentarlo. Y, a la noche siguiente, comenzamos con el dictado.

¡Cómo describir aquellas horas! Me pasaba el día esperando el momento. Desde después de comer ya me entraban unos nervios que me consumían y se adueñaban de mis sentidos una impaciencia y unos sudores que apenas podía soportar las horas de espera hasta la noche.

En cuanto terminábamos de cenar, nos metíamos en su despacho, yo me sentaba en su escritorio, de espaldas a él, y él iba de un lado para otro con pasos desazonados hasta que se asentaba el ritmo idóneo y, como cuando se da la entrada a los músicos, comenzaba su discurso. Pues aquel hombre tan sumamente especial partía para todo de una sensibilidad musical: siempre necesitaba como un compás de preparación, una chispa para que sus ideas comenzaran a fluir. Por lo general era una imagen, alguna metáfora atrevida, alguna situación de especial plasticidad que, entusiasmándose él solo con su propio avance veloz, ampliaba hasta convertirla en escena dramática. Algo de la grandiosa fuerza de los fenómenos de la naturaleza que también late en toda creación relampagueaba entre la abrumadora iluminación de aquellas improvisaciones; recuerdo algunas líneas, en estrofas que se asemejaban a un poema en yambos muy rítmicos, y otras que brotaban como cataratas, con imponentes enumeraciones a la manera del catálogo de las naves de Homero[1] o los bárbaros himnos de Walt Whitman[2]. Por primera vez –joven todavía en formación como era yo por entonces– me era dado asomarme al misterio de la producción literaria: veía cómo la idea, aún sin colores, poco más que calor puro en estado líquido, salía de la fragua de la inspiración del momento como el metal al rojo vivo con que se forjan las campanas, que al enfriarse

1. Aparece en el Canto II de la *Ilíada*. *(N. de la T.)*.
2. Debe de referirse a *Song of Myself* (*Canto a mí mismo*), de 1892. *(N. de la T.)*.

va adoptando su forma, forma que luego se redondeaba y revelaba, magnífica, y, como en la campana, al final resonaba en ella la palabra límpida, transformado en lenguaje humano aquel fruto de la sensibilidad poética. Y así, cada párrafo a partir del ritmo y cada descripción a partir de una imagen, surgía –de un modo nada filológico– aquella obra de magnas dimensiones a partir de un himno, un himno al mar en su condición de forma de lo infinito visible y perceptible en la tierra; a modo de olas que unían puntos muy alejados, que se alzaban muy altas y a la vez escondían tremendas profundidades y, entre una cosa y la otra, jugueteaban a su libre albedrío pero dando todo su sentido a las vidas terrenales, a las endebles barcas de los hombres; a partir de esta metáfora del mar se describía una concepción de lo trágico como aquella fuerza elemental que, embriagadora y destructiva, gobierna nuestra sangre. Luego, la metáfora de la ola desembocaba en las orillas de los distintos países: emergía Inglaterra, la isla, azotada a perpetuidad por el inquieto elemento que rodea peligrosamente todas las orillas de la tierra, todas sus zonas y latitudes del planeta. Allí, en Inglaterra, moldea el Estado: hasta el cristalino de los ojos –azul, gris– penetra allí la mirada fría y clara del mar; allí, cada cual es hijo de ese elemento y al mismo tiempo es la propia isla, es como su tierra, y a las tormentas y peligros se debe que abunden, como si las trajese el propio aire, las pasiones borrascosas entre esas gentes que, en cientos de años de travesías vikingas, sin cesar han visto sus fuerzas puestas a prueba. Sin embargo, ahora impera la paz en el país rodeado de agua; sus gentes, por otra parte, hechas a las tempestades, siguen deseando el mar, el duro azote de su peligro diario, con lo cual recrean ese estímulo brutal en espectáculos sangrientos. Crean sus corrales, en principio para los números con animales, las luchas cuerpo a cuerpo. Osos que se desangran y peleas de gallos alimentan atrozmente el gusto por el horror; no tarda el ánimo elevado, sin embargo, en reclamar una tensión que surja de forma más limpia a partir del enfrentamiento heroico humano. Y entonces, de los escenarios píos, a partir de los misterios litúrgicos, surge ese otro espectáculo conmovedor en torno a las pasiones humanas, retorno de todas aquellas aventuras y travesías de otros tiempos que ahora han de tener lugar en los mares del interior del corazón; una nueva infinitud, un nuevo océano con mareas de pasión y tempestades del alma que recorrer sin perder el rumbo, y ser arrastrado por sus olas en todas direcciones constituye el nuevo placer de esa estirpe anglosajona tardía pero todavía fuerte: surge el teatro de la nación inglesa, el drama isabelino.

Y sus palabras resonaban igual de imponentes, lanzado así, cual fanático, a la descripción de estos comienzos del teatro en la barbarie de épocas remotísimas. Su voz, que al principio musitaba acelerada, desplegaba potentes músculos y cuerdas, adquiría un timbre metálico brillante que cada vez volaba más y más alto, cada vez ansiaba mayor libertad: se le quedaba pequeño el despacho, las cuatro paredes que hacían de caja de resonancia, tanto espacio necesitaba. Yo sentía la tempestad ceñirse sobre mí, los desatados labios del mar gritaban su palabra con una fuerza atronadora; agazapado ante el escritorio, yo me sentía de nuevo en mi tierra, en las dunas de la playa, y como si se me acercara el aliento de aquel fragor de miles de olas y mil gotas de viento. El escalofrío universal que envuelve en dolor el alumbramiento, ya sea de una persona o de una palabra recorría por primera vez mi alma, estremecida de asombro y al tiempo henchida de gozo.

Cuando mi profesor terminaba, ya con el dictado, en el cual una poderosa inspiración iba arrancando las palabras al trabajo científico de un modo sublime que tornaba el pensamiento en poesía, yo me levantaba temblando. Me invadía un cansancio que me arrasaba como el fuego, un cansancio enorme y pesado, pero en modo alguno similar al agotamiento, que implica quedarse sin fuerzas y sin nervio; al contrario, después de aquella avalancha, yo aún trepidaba por la energía que me había insuflado. Y, además, ambos necesitábamos conversar un rato para relajar el ánimo, para recuperar la calma o coger el sueño; casi siempre solía yo repetirle las notas en taquigrafía, y era muy curioso, apenas se convertían en palabras aquellos signos, por mi voz hablaba, respiraba y se elevaba otra diferente, como si alguna criatura mágica me hubiese cambiado el lenguaje en la boca. Y entonces me daba cuenta: en la repetición, yo recitaba y reproducía su entonación con tal entrega, con tal fidelidad, que era como si no hablara yo mismo sino el profesor a través de mí, hasta ese punto me había convertido ya en caja de resonancia de su ser. Eco de su palabra. De todo esto hace cuarenta años y, sin embargo, hoy todavía me sucede que, en medio de una conferencia, cuando el verbo se suelta para volar libre, siento con embarazo que no soy yo quien habla, sino que de mi boca brota la lengua de otro. Reconozco entonces la voz de un difunto muy querido, un difunto que del que solo queda un hálito en mis labios; siempre que se adueña de mí el entusiasmo, soy él. Y soy muy consciente: aquellas horas me marcaron.

El trabajo crecía, y crecía a mi alrededor como un bosque que, paulatinamente, envolvía en sombra cualquier apertura al mundo exterior; ya solo vivía dentro de él, en la oscuridad de la casa, entre las rumorosas ramas de la obra que proliferaba cada vez con más fuerza, en la presencia reconfortante de aquel hombre que lo abarcaba todo.

Más allá de las pocas horas de clase en la universidad, mi día le pertenecía por entero. Comía en su mesa, noche y día llegaba algún mensaje de su casa a la mía o al revés, yo tenía llave de su casa y él de mi buhardilla, donde podía encontrarme a cualquier hora sin necesidad de llamar –a gritos– a mi casera, que estaba medio sorda. Claro que, cuanto más me vinculaba yo a esta nueva comunidad, tanto más me apartaba del mundo exterior; el calor de aquella esfera íntima estaba directamente ligado al gélido aislamiento de su existencia al margen del mundo. Mis compañeros no hacían por reprimir cierta frialdad y displicencia en el trato conmigo, no sé si por algún rumor calumnioso o como simple fruto de los celos, pero, en cualquier caso, me excluían de sus actividades y, en los debates del seminario de literatura inglesa, era obvio que habían acordado no dirigirme ni la palabra ni el saludo. Incluso en los otros profesores notaba yo una hostilidad sin disimulo; una vez que fui a pedirle una información muy menor al profesor de Filología Románica, me despachó con el comentario irónico de: «Eso debería saberlo usted, siendo como es íntimo del profesor...». En vano traté de explicarme qué habría hecho yo para que me trataran con tal desprecio. Pero en palabras y miradas era imposible hallar ninguna explicación. Desde que vivía el día entero con la pareja de solitarios, yo mismo me había quedado completamente solo.

Ese aislamiento social no me habría preocupado en absoluto, puesto que toda mi atención se centraba en lo intelectual; no obstante, poco a poco me empezaron a fallar los nervios. No se aguantan semanas de incesante sobreesfuerzo intelectual y, además, mi modo de vida había cambiado de manera radical con demasiada rapidez, había pasado de un extremo al otro demasiado bruscamente como para no poner en peligro ese equilibrio de la naturaleza que nos es dado de nacimiento. Pues mientras que, en Berlín, mis músculos tenían ocasión de relajarse con mis paseos y escarceos −las aventuras con mujeres relajaban la tensión nerviosa de forma lúdica−, en aquella pequeña ciudad universitaria de provincias se cernía sobre mis sentidos en tensión máxima una atmósfera de calma cargadísima y aplastante; olvidé lo que es el sueño profundo y reparador, y eso –o tal vez justo por ello– que solía estar hasta el alba copiando en limpio el dictado de la noche anterior por mi propio gusto (con la febril vanidad de llevarle sus papeles a mi adorado profesor lo antes posible). Luego también en la universidad la lectura a destajo me exigía aplicarme cada vez más, y para culminar me excitaba el tipo de conversación que mantenía con mi profesor, pues mi afán de no presentarme ante él sin estar bien preparado tensaba cada nervio con espartano rigor. Maltratado así, el cuerpo no tardó en presentar su venganza por forzar tanto la mente. Sufrí varios desmayos breves, señales de advertencia del peligro en que estaba poniendo el equilibrio natural, de las cuales –en mi furor– hice caso omiso; sin embargo, los episodios de agotamiento hasta la inconsciencia fueron en aumento, la expresión de cualquier sentimiento se tornaba vehemente y tener los nervios a flor de piel me trastornó, perturbando mi sueño y llamando al desvarío.

La primera en darse cuenta de aquel inequívoco cuadro de desequilibrio fue la esposa de mi profesor. Ya había notado yo en numerosas ocasiones que su mirada me examinaba con preocupación; a propósito, intercalaba en nuestras conversaciones cada vez más comentarios para advertirme, como, por ejemplo, que no me empeñara en conquistar el mundo en un semestre. Al final, me habló por las claras.

—Ya está bien —me soltó un domingo de sol radiante en el que yo hincaba los codos sobre la gramática inglesa, y me arrancó el libro de las manos—. ¿Cómo es posible que siendo tan joven y estando vivo se deje nadie esclavizar así por la ambición? No tome siempre como ejemplo a mi marido: él es viejo y usted es joven, usted tiene que vivir de otra manera.

Siempre que hablaba de él se percibía la vibración de cierto tono de desprecio que a mí, entregado como estaba al profesor, siempre me indignaba sobremanera. A propósito, y yo lo notaba, es más: quizá pensaba erróneamente que lo hacía por celos, intentaba alejarme de él cada vez más y obstaculizar mis excesos con intervenciones irónicas; si se nos hacía muy tarde con el dictado, tocaba a la puerta con fuerza y exigía, indiferente a la protesta furibunda de él, que dejáramos el trabajo.

—Aún acabará con sus nervios, acabará con usted —me dijo muy disgustada una vez que me encontró desmayado—. ¡Pero qué ha hecho de su persona en tan solo estas semanas! Yo no puedo seguir viendo cómo lucha usted contra su propia naturaleza. Teniendo en cuenta que...

Se le cortó la palabra y no terminó la frase. Ahora bien, le temblaba el labio, pálido por la rabia contenida.

Había que reconocer que mi profesor no me ponía las cosas fáciles: cuanto más fervientemente le servía, tanto mayor era la indiferencia con que parecía valorar mi solícita adoración. Raro era que me diera las gracias; si ya de buena mañana le llevaba el trabajo que había estado haciendo hasta bien entrada la noche, me respondía con seca displicencia:

—Esto podía haber esperado hasta mañana.

Si en mi ambiciosa fruición caía en un exceso de complacencia que no me había pedido, sus labios se contraían en medio de la conversación y alguna palabra irónica me ponía freno. Obviamente, cuando me veía echarme atrás, humillado y confundido, aquella mirada cálida tan suya me envolvía de nuevo para consolarme, pero ¡qué pocas veces se daba eso, qué pocas! Y aquella alternancia entre el ardor y la frialdad, aquel comportamiento tan pronto cercano hasta lo conmovedor, tan pronto hostil y hasta agresivo, trastornó por completo mis irrefrenable sentimiento de anhelo... no, nunca alcanzaré a definir con claridad lo que anhelaba, lo que deseaba, exigía, buscaba, qué respuesta positiva de su parte esperaba aquella entusiasmada entrega mía. Porque cuando el objeto de una devoción tan apasionada —e incluso de la índole más pura— es una mujer, inconscientemente sí que aspira siempre a una culminación física; para ella dispuso la naturaleza la posesión del cuerpo como metáfora de la unión más sublime; ahora bien, la pasión del intelecto sentida por un hombre hacia otro... ¿Cómo espera de verse plenamente correspondida, cuando no hay posibilidad de corresponderse? Da vueltas y vueltas en torno a la persona adorada, inflamándose siempre en un nuevo éxtasis y, sin embargo, no ha de alcanzar la calma nunca, culminando en la entrega final. Brota sin cesar y, sin embargo, nunca se derrama por entero, eternamente insatisfecha, igual que queda el espíritu. Así, la cercanía de mi profesor nunca me resultaba lo bastante estrecha, nunca me saciaba en nuestras largas conversaciones; incluso cuando se mostraba confiado y desaparecía aquella suerte de muro de contención frente al otro, yo tenía muy presente que, a continuación, bien podía hacer cualquier gesto y acabar con aquella profunda intimidad de golpe. Aquel hombre impredecible por completo confundía mis sentimientos una y otra vez, y no exagero cuando digo que, en aquel estado de sobreexcitación, no pocas veces estuve cerca de cometer algún disparate, tan solo porque, por ejemplo, dejara a un lado con gesto indiferente un libro sobre el que le había llamado la atención yo, o cuando, entrada la velada, nos habíamos enfrascado en la conversación y yo respiraba el flujo de sus pensamientos, y de pronto hacía un movimiento brusco –después de que, hasta ese instante, hubiera tenido la mano tiernamente posada sobre mis hombros–, se levantaba y me decía en tono adusto: «Pero ahora márchese. Es tarde. Buenas noches». Naderías así bastaban para desquiciarme durante horas, durante días. Tal vez era mi propia sensibilidad a flor de piel, de tanto llevarla al límite de su excitación, la que veía ofensas donde no había tales intenciones, pero ¿de qué sirve frente un trastorno del ánimo tan profundo intentar consolarse uno mismo analizando las cosas a posteriori? Lo único que se repetía un día tras otro era que yo me consumía estando cerca de él y me moría de frío estando lejos, siempre me sentía decepcionado por su contención, siempre echaba en falta alguna señal que me tranquilizara, y siempre me confundía algún gesto espontáneo.

Y pasaba otra cosa muy curiosa: siempre que me sentía herido en mi sensibilidad, iba a refugiarme con su mujer. Tal vez por el impulso inconsciente de encontrar a alguien que sufriera lo mismo por aquellos distanciamientos sin palabras, tal vez por pura necesidad de poder hablar con alguien que, aunque no pudiese decir nada, al menos me comprendería... Sea como fuere, yo me refugiaba en ella como en un aliado secreto. Ella, por lo general, me quitaba la sensiblería haciendo alguna broma o, encogiéndose de hombros con frialdad, me decía que ya debería estar acostumbrado a aquellas rarezas tan dolorosas. Algunas veces, no obstante, se me quedaba mirando con una seriedad extraña, casi con asombro cuando la desesperación del momento me hacía soltar en su presencia toda una sarta de reproches balbuceados, lágrimas entrecortadas y palabras reprimidas, pero ella no decía nada; tan solo se apreciaba en los labios el temblor de una tensión contenida, y yo notaba que le costaba un enorme esfuerzo no soltar también su rabia y decir algo sin pensar. También ella —no cabía duda— tenía algo que decirme, también ella guardaba un secreto, quizás el mismo que él; sin embargo, mientras que él se defendía rechazándome bruscamente en cuanto alguna de mis palabras le sugería un exceso de confianza, ella solía evitar hablar más del tema haciendo alguna broma o improvisando alguna travesura.

Tan solo una vez estuve a punto de arrancarle las palabras. Por la mañana, al llevarle al profesor su dictado pasado a limpio, no pude resistirme a comentarle con gran entusiasmo cuánto me había conmovido la descripción que, precisamente, contenía aquel texto (era la semblanza de Marlowe). Y, aún ardiente por mi atrevimiento, añadí lleno de admiración que nadie sería capaz de escribir otra semblanza tan magistral como aquella; tras lo cual él se dio media vuelta de golpe, se mordió el labio, dejó el papel tirado y farfulló con desprecio:

–¡No diga disparates! ¡Qué sabrá usted lo que es magistral!

Aquella réplica tan hosca (sin duda, pura máscara improvisada para ocultar una impaciente vergüenza) bastó para amargarme el día. Y, por la tarde, estando un rato a solas con su esposa, me lancé a preguntarle, en una especie de ataque de histeria, agarrándola de las manos:

–Dígame, ¿pero por qué me odia así? ¿Por qué me desprecia tanto? ¿Qué le he hecho yo, por qué le irrita tanto cualquier cosa que le digo? ¿Qué he de hacer? ¡Ayúdeme! ¿Por qué no me soporta? ¡Dígamelo usted, se lo suplico!

Entonces, abrumada ante semejante arrebato, ella me miró fijamente:

–¿Odiarlo dice?

Y de entre sus dientes salió una carcajada, una risa tan estridente y que terminó en un agudo tan atroz que yo, sin querer, retrocedí como movido por un resorte.

–Odiarlo dice... –repitió ella una vez más y lanzó una mirada iracunda a mis perplejos ojos. Luego, en cambio, se inclinó hacia mí, su mirada fue ablandándose más y más, casi se tornó compasiva, y, de pronto (por primera vez), me acarició el pelo:

–Desde luego, es usted un niño, un niño tonto que no se da cuenta de nada y no ve nada y no tiene ni idea de nada. Pero mejor así... de otro modo, estaría todavía más desquiciado.

Y, con un movimiento brusco, se volvió y se fue.

En vano busqué cómo tranquilizarme: como encerrado dentro del saco negro de una pesadilla sin salida, intentaba desesperadamente entender algo, despertar de aquella enigmática confusión de sentimientos encontrados.

Cuatro meses habían transcurrido así, semanas en las que había vivido la más inesperada transformación y enaltecimiento de mi persona. El semestre tocaba a su fin, veía acercarse las vacaciones con horror, pues amaba mi purgatorio y la perspectiva hogareña de mi ciudad, sin estímulo intelectual alguno, se me antojaba peor que el destierro y la privación. Ya andaba urdiendo planes secretos para hacer creer a mis padres que me retenía allí algún trabajo importante, ya pergeñaba una eficaz combinación de mentiras y excusas para prolongar aquella situación que me consumía. Pero ya hacía mucho que mi hora y mi momento se habían determinado en otra esfera. Y aquel momento pendía invisible sobre mi cabe-

za como pende en la campana de hierro la campanada
del mediodía que, inesperada e incontestable, llama entonces a los ociosos a ponerse a trabajar o a despedirse.

¡Qué agradable fue el comienzo de aquella velada crucial, qué traicioneramente agradable! Yo había cenado
con la pareja en su casa; las ventanas estaban abiertas y en
su marco, más oscuro, iba apareciendo poco a poco el
cielo del crepúsculo, con nubes blancas. Su majestuoso y
mullido resplandor transmitía una especial forma de calma y pureza que te calaba hasta lo más hondo. La esposa
de mi profesor y yo habíamos estado charlando más relajados, más animados y con menos belicosidad que de
costumbre. Él se había mantenido en silencio durante
toda nuestra conversación; sin embargo, su silencio reinaba sosegadamente por encima de nosotros, con las
alas plegadas, por así decirlo. Yo lo miraba de soslayo;
aquel día había una luminosidad particular en su actitud, estaba inquieto, pero no lo atormentaba la tensión,
era como aquellas nubes tan veraniegas. De cuando en
cuando, levantaba la copa de vino para sostenerla a la
luz, recreándose en el color; y una vez que mi mirada
tuvo el gusto de acompañar aquel gesto, él esbozó una
leve sonrisa y giró la copa hacia mí en señal de saludo. En
raras ocasiones había visto yo su rostro tan lleno de luz,
sus gestos tan suaves y relajados: casi definiría su estado
de ánimo de festivo, como cuando se oye música que llega de la calle o la conversación de una fuente invisible.
Sus labios, habitualmente festoneados por ligeros tem-
blores, se veían quietos y blandos como una fruta abier-

ta, y la frente, un poco girada hacia la ventana, recibía el suave reflejo del exterior y se me antojaba más bella que nunca. ¡Qué maravilla, ver a mi profesor en tal estado de serenidad! Yo no sabía si era efecto de la límpida noche de verano y si aquel aire en sosegada penumbra le insuflaba algo de su calma balsámica, o si aquella paz que lo iluminaba procedía de su interior. En cualquier caso, habituado a leer su rostro como un libro abierto, lo único que sentía era que, aquella noche, un dios benevolente había alisado las grietas y cicatrices de su corazón.

También observamos una particular solemnidad en la manera en que se puso de pie y, haciendo con la cabeza el gesto de siempre, me invitó a seguirlo a su despacho: él, que siempre caminaba con prisas, lo hizo entonces con paso ceremonioso. Luego se volvió una vez más, sacó de la alacena una botella de vino sin abrir –esto también era inusual– y la llevó al despacho con mimo. Al igual que yo, su esposa pareció percibir algo prodigioso en su comportamiento, levantó la vista de su labor de bordado con gesto de asombro y, ahora que nos íbamos a trabajar, siguió con la mirada y en silencio los inusualmente serenos movimientos del profesor.

El despacho –a oscuras, como siempre– nos acogió con su penumbra habitual, tan solo la lámpara abría un círculo dorado en torno al blanco expectante del bloque de papeles. Yo me senté en mi sitio de siempre y repetí las últimas frases del manuscrito; el profesor siempre necesitaba inspirarse a través del ritmo de lo escrito, a modo de diapasón, para que sus palabras pudieran seguir fluyendo. Sin embargo, mientras que siempre retomaba el discurso directamente a partir de la frase anterior, esta vez se quedó callado. El silencio lo invadió todo, ya reverberaba en las paredes creándonos tensión. El profesor aún no parecía plenamente concentrado, pues a mi espalda lo oía yo dar zancadas de un lado para otro.

–Repita lo que acaba de leer.

¡Qué raro, lo nerviosa que vibraba su voz de repente! Repetí, pues, los últimos párrafos; y esta vez sí, el profesor enlazó con mi final, de golpe, dictando más deprisa y con más determinación que de costumbre. En cinco frases había construido la escena; lo que había descrito hasta entonces era el contexto cultural que daba pie al surgimiento del teatro, un fresco de la época, una introducción histórica. Ahora, con un giro repentino, se centraba en el teatro en sí, que evoluciona del vagabundaje de los cómicos en sus carromatos a los escenarios fijos, establecimientos propios para su arte avalados con documentos oficiales, primero el Rose Theatre, luego el Fortuna, en sus inicios: tinglados muy rudimentarios para obras tan toscas como sus tablones de madera; luego, en cambio, los artesanos crean un nuevo armazón a la medida del pecho, amplio y de varonil desarrollo, de la poesía. Y en la cenagosa orilla del Támesis, hundiendo sus cimientos en esa húmeda tierra sin valor, nace el rústico edificio de madera, con su imponente torreón hexagonal: el Globe, cuyo escenario acoge las obras de Shakespeare, el gran maestro. Allí se alza, como un extraño barco escupido por la mar, con su bandera roja en lo alto del palo mayor cual bandera pirata, firmemente anclado en el barro. En el patio, el pueblo llano se apelotona dando voces como en el puerto; desde lo alto de las galerías parlotean y sonríen a los actores las clases refinadas. Impacientes, claman por que empiece la función. Patalean y hacen ruido, golpean con el puño de las espadas contra los tablones hasta que, por fin, se ilumina el escenario a sus pies, con unas cuantas velas temblorosas que se disponen en la parte delantera, y unos personajes disfrazados a la buena de Dios salen a actuar en lo que parece una comedia improvisada. Y entonces –de las palabras exactas me acuerdo a la perfección incluso hoy–, «se desata allí una tempestad verbal, ese mar de sangrientas olas de pasión que nunca dejan de batir, que levantándose en el escenario de madera alcanzan a todos los tiempos y todos los puntos del corazón humano, ese mar inagotable, insondable, divertido y trágico, riquísimo en matices y, en suma, representación de la más pura esencia del ser humano: el teatro de Inglaterra, el drama shakespeariano».

Tras aquellas palabras sublimes, el profesor se quedó sin palabras. Se hizo un largo y profundo silencio. Inquieto, me volví hacia él: estaba de pie, agarrado compulsivamente a la mesa con el gesto extenuado que tan familiar me resultaba. Sin embargo, esta vez había algo en su rigidez que me dio miedo. Me levanté de un salto, preocupado porque le hubiera pasado algo, y le pregunté temeroso si quería que parásemos. Él se limitó a mirarme, sin aliento, como enajenado al principio, muy quieto. Pero entonces, enseguida volvió el brillo intenso a sus ojos azules, y con labios relajados se acercó a mí diciendo, mientras me miraba fijamente:

–¿Y bien, no se ha dado usted cuenta de una cosa?

–¿De qué? –balbucí en mi inseguridad.

Él respiró hondo, sonrió un poco; volví a sentir que me miraba con la dulzura, con la ternura que llevaba meses echando en falta.

–La primera parte está terminada.

Hube de contenerme para no chillar de alegría, tal fuego hizo brotar en mi interior aquella sorpresa. ¡Cómo era posible que no me hubiera dado cuenta! Claro, el profesor había ido sentando las bases paso a paso, de forma magistral, desde los primeros orígenes en el pasado hasta el umbral del nuevo teatro, y ahora podían venir a cruzarlo todos: Marlowe, Ben Johnson, Shakespeare. ¡Aquel nacimiento también era el de su propia obra! Me apresuré a tomar los papeles en la mano, a contar las páginas. Ciento setenta folios en letra bien apretada, eso abarcaba aquella primera parte, la más difícil, pues cuanto viniera a continuación ya sería un texto mucho más libre, mientras que los antecedentes descritos hasta el momento estaban estrechamente ligados a los testimonios históricos. ¡No cabía duda alguna, mi profesor terminaría su obra, nuestra obra!

Ya no recuerdo si me alborocé, si hasta bailé de alegría, de orgullo, de felicidad. Eso sí, mi entusiasmo debió de adoptar formas de exceso imprevistas, pues la mirada de mi profesor me seguía con gesto sonriente en tanto que yo releía las últimas palabras apuntadas, enseguida volvía a contar las hojas, las tomaba entre las manos, calculaba sus peso y las acariciaba con amor, fantaseando ya con prematuros cálculos de cuándo podríamos tener terminada la obra completa. Su orgullo, acallado y sepultado en lo más hondo durante tanto tiempo, se veía reflejado en mi regocijo: me miraba conmovido, sonriente. Poco a poco, sus pupilas –aquellas pupilas que nunca tenían más que una titilante chispa de color–, se llenaron del intenso azul transparente que, de todos los elementos, solo poseen las profundidades del agua y que así pueden representar la profundidad del sentimiento humano. Y todo ese azul resplandeciente que brotaba de sus ojos me inundaba a mí; yo sentí cómo aquella ola cálida me empapaba dulcemente hasta lo más íntimo de mi ser, y se extendía por mi interior como un torrente que ampliaba mis sentimientos hasta un insólito placer; el pecho entero se me abrió de golpe con la tremenda fuerza de aquel oleaje, y aun diría que mi interior salió un sol espléndido como el de un mediodía en Italia.

–Bien sé –resonó su voz por encima de aquella excelsa estampa– que nunca habría comenzado este trabajo sin usted, nunca olvidaré que le debo eso. Usted dio el impulso salvador a mi apatía, y es usted quien ha salvado cuanto me queda de esta vida dispersa y desaprovechada. ¡Usted solo ha obrado eso! Nadie ha hecho tanto por mí jamás, nadie me ha ayudado tan fielmente. Así pues, no he decir que *se* lo agradezco, sino... *te* lo agradezco. Ven. Pasemos un rato como hermanos.

Me condujo suavemente hacia la mesa y cogió la botella que había preparado. También tenía preparadas dos copas: el simbólico acto de beber juntos estaba concebido para darme las gracias abiertamente. Yo me eché a temblar de gozo, pues nada conmociona nuestro interior con tanta fuerza como un deseo ardiente que se hace realidad. La señal de confianza más inequívoca, la señal que, sin ser yo consciente, llevaba anhelando tanto tiempo, había llegado al fin a través del agradecimiento de mi profesor: ese «tú» fraternal del que nos separa un abismo de años y que es un tesoro siete veces más preciado por lo difícil de franquear tanta distancia. Ya tintineaba la botella –todavía muda–, encargada de oficiar aquel bautismo y de sosegar mi ánimo aún temeroso cuando por fin consiguiera creer que aquello era real; ya resonaba en mi interior el mismo tintineo delicadísimo, pero muy nítido... cuando un pequeño obstáculo retrasó el solemne momento: Había que descorchar la botella y no teníamos ningún sacacorchos a mano. El profesor quiso levantarse para ir a por uno, pero, adivinando su intención, me adelanté en salir corriendo hacia el comedor, ardiendo de impaciencia como estaba en aquel instante que por fin habría de devolver la paz a mi corazón confirmándome el aprecio de mi profesor.

Al dirigirme atropelladamente hacia la puerta para salir al pasillo y dar la luz, en la oscuridad me choqué con algo blando que se apartó a toda prisa: era la esposa de mi profesor, que sin duda nos estaba espiando pegada al umbral. Pero fue muy curioso, pues a pesar de la fuerza

con que me choqué con ella, no hizo el más mínimo ruido, tan solo se apartó, muda, igual que yo, que del susto
no fui capaz de moverme ni de decir palabra. Fue un segundo; los dos nos quedamos mudos, avergonzados los
dos: ella por haberla pillado espiándonos, yo por tan
inesperado descubrimiento. A continuación, percibí en
la oscuridad unos pasos ligeros, se encendió la luz y la vi,
pálida y desafiante, con la espalda apoyada contra la alacena; me miró de arriba abajo con gesto serio, y su postura inmóvil encerraba algo oscuro, como de advertencia,
de amenaza. Pero no dijo una sola palabra.

Me temblaban las manos cuando conseguí dar con el
sacacorchos, después de buscarlo un buen rato medio a
ciegas y presa de un nerviosismo tremendo; dos veces
tuve que pasar por delante de la mujer y, cada vez que levantaba la vista hacia ella, me topaba con aquellos ojos
fijos que desprendían el brillo duro y oscuro de la madera pulida. Ahora no había en ellos muestra alguna de
vergüenza por haberla descubierto escuchando a escon-
didas junto a la puerta; todo lo contrario: con dureza y
determinación me clavaba ahora el brillo de aquellos
ojos una amenaza incomprensible, y su gesto rebelde indicaba que no tenía la más mínima intención de aban-
donar aquella posición tan impropia, sino seguir vigi-
lándonos y bien alerta. Y aquella actitud de superioridad
me confundió mucho, no pude sino someterme a aquella mirada firme y amenazante que no me soltaba. Y
cuando por fin, con paso vacilante y sigiloso, volví al
despacho, donde mi profesor ya estaba impaciente con

la botella entre las manos, el inmenso regocijo de un instante atrás se había petrificado, tornándose un miedo sin parangón.

Él, por su parte, ¡con qué despreocupación me aguardaba, con qué mirada dichosa me recibió! Yo siempre había soñado con la ocasión de verlo en semejante estado algún día, libre de la nube que pesaba sobre su taciturna frente. Sin embargo, ahora que por primera vez resplandecía lleno de paz, dispuesto de corazón al acercamiento, a mí se me hacía un nudo en la garganta con cada palabra; por su parte, era como si la alegría secreta le brotara por poros secretos. Turbado yo, por no decir avergonzado, escuché cómo me daba las gracias de nuevo, ahora con la confianza del tuteo, y con tintineo de plata chocaron nuestras copas. Rodeándome con el brazo en gesto de amistad, me condujo hasta los sillones, nos sentamos frente a frente, su mano se quedó relajada entre las mías; por primera vez lo sentí que completamente desinhibido y libre. Pero yo me había quedado sin habla; sin querer, mis ojos se desviaban hacia la puerta, aterrados ante la idea de que la mujer siguiera allí de pie escuchando. «Nos está escuchando», pensaba todo el rato, «está escuchando cada palabra que el profesor me dice, cada palabra que digo yo. ¿Por qué tiene que pasar esto hoy, por qué hoy precisamente?». Y así fue que, cuando él, envolviéndome en aquella mirada suya tan cálida, de repente me dijo: «Hoy me gustaría hablarte de mí, de mi propia juventud», reaccioné haciendo un gesto tan brusco con la mano para rogarle que no lo hiciera que él, perplejo, levantó la mirada.

–Hoy no –tartamudeé–, hoy no... discúlpeme.

Me horrorizaba demasiado la idea de que el profesor pudiera delatarse ante una espía cuya presencia yo estaba obligado a ocultarle.

Vacilante, mi profesor me miró.

–¿Qué te pasa? –me preguntó disimulando su disgusto.

–Estoy cansado... discúlpeme... me siento abrumado, no sé... creo... –y ahí me levanté, temblando–, creo que será mejor que me vaya.

Inconscientemente, aparté la mirada de él para lanzarla de reojo hacia la puerta, donde no podía dejar de sospechar que, escondida en el umbral, todavía estaba aguzando los celosos oídos aquella impertinente curiosa.

Con pesados movimientos se levantó también él de su sillón. Una sombra recorrió su rostro, marcado de repente por el cansancio.

–¿De verdad que quieres marcharte... hoy... precisamente hoy?

Me cogió la mano: una fuerza misteriosa la había tornado muy pesada. Pero entonces él la soltó, dejándola caer como un fardo.

–¡Qué pena! –exclamó desencantado–. Me hacía mucha ilusión hablar contigo con plena confianza por una vez.

Durante un instante, el profundo suspiro quedó flotando en el aire como una mariposa oscura. De mí se habían adueñado la vergüenza y un miedo desesperadamente inexplicable; titubeante, me retiré y cerré la puerta tras de mí sin hacer ruido.

Subí a mi cuarto a tientas, con harto esfuerzo, y me dejé caer en la cama. Pero no podía dormir. Jamás había sentido con tanta fuerza que mi morada tan solo estaba separada de la suya por una delgada tarima, tan solo sus impenetrables tablones oscuros mediaban entre nosotros. Y en aquel momento, como si mis sentidos se hubieran agudizado por arte de magia, sentí que ellos dos también seguían en vela debajo de mi suelo; veía sin ver, oía sin oír cómo ahora mi profesor recorría su despacho a zancadas, inquieto, de un lado para otro, al tiempo que ella permanecía sentada en alguna parte sin decir nada o rondaba por la casa aguzando los oídos. En cualquier caso, sentía los ojos abiertos de ambos, y su vigilia me atravesaba de un modo escalofriante; era una pesadilla, la casa entera con su sombra y su negritud y su silencio aplastante pesaba sobre mí.

Me destapé. Me ardían las manos. ¿Dónde me había metido? Había sentido el secreto muy cerca, su aliento ardiente dándome de pleno en la cara, y ahora volvía a estar muy lejos, pero su sombra, su sombra de silencio impenetrable, seguía flotando por la casa como un murmullo, y yo sentía su peligro, rondando por ahí como un gato sigiloso, siempre presente, acercándose de un salto y saltando para alejarse de nuevo, rozándome todo el rato con su pelaje electrizado y confundiéndome, cálido a la par que siniestro. Y todo el rato notaba que de la oscuridad salía la mirada envolvente del profesor, tierna como la mano que me había tendido, y al mismo tiempo aquellos otros ojos, los que se clavaban tan amenazadores como aterrados, los de su mujer. ¿Qué hacía yo mezclado aquel secreto suyo, qué hacían ellos dos poniéndome, con los ojos vendados, en medio de su pasión, por qué iban detrás de mí en aquel inexplicable duelo de vida que llevaban, cargando sobre mis sentidos cada cual su abrasador lastre de odio y rabia?

A mí todavía me ardía la frente. Me levanté de un salto y abrí la ventana de par en par. Fuera, bajo las nubes de verano, reposaba la ciudad; aún había ventanas iluminadas, pero la gente que seguía despierta a la luz de aquellas lámparas estaba unida por una conversación pacífica, o confortada por un libro o por música doméstica. Y donde ya reinaba la oscuridad tras los marcos blancos de las ventanas, seguro que respiraba el sueño tranquilo. Sobre todos aquellos tejados en calma reinaba, como la luna envuelta en su neblina plateada, una calma muy dulce, un manto suave de silencio sosegado, y las once campanadas del reloj de la iglesia resonaron sin violencia alguna en los oídos que casualmente los escucharon o los percibieron dormidos. Yo era el único que, allí, en mi casa, sentía la ausencia del sueño, el acoso fatal de pensamientos que en el fondo no eran míos. Una fuerza interior trataba febrilmente de entender aquel embrollo impenetrable.

De repente, me estremecí. ¿No oía pasos subiendo la escalera? Me erguí, aguzando los oídos. Y, en efecto, algo se movía a tientas, como un ciego, subía los escalones con paso cauteloso, vacilante, inseguro: yo conocía aquellos chasquidos y quejidos de la tarima ajada. Aquellos pasos solo podían venir a mi habitación, solo a mi habitación, pues allí en la buhardilla no vivía nadie más que yo, aparte de la anciana sorda que llevaba mucho rato durmiendo y nunca recibía visitas. ¿Sería mi profesor? No, esa no era su forma de andar, siempre con prisas y tropezones; aquel paso era como furtivo, el paso de un cobarde que duda –¡ahora otra vez!– en cada escalón. Así se acercaría un intruso, un delincuente, pero no un amigo. Estaba a la escucha, tan alerta que me atronaban los oídos. Y, de repente, un escalofrío me subió por las piernas.

La cerradura emitió un suave chasquido. Eso era que el siniestro visitante ya estaba en la puerta de mi buhardilla. Un ligero soplo de aire en los pies reveló que había abierto la puerta de la vivienda... pero la llave solo la tenía él, mi profesor, y, si era él, ¿por qué venía con esa nocturnidad, como un desconocido? ¿Estaría preocupado y venía a ver cómo me encontraba? ¿Y por qué se quedaba ahora indeciso en la antesala? Porque, de pronto, los sigilosos pasos se habían parado. E igualmente paralizado –de horror– estaba yo. Sentía que tenía que gritar, pero era como un nudo fangoso en la garganta. Quise ir a abrir la puerta; mis pies se quedaron clavados al suelo. Tan solo una delgada pared me separaba ahora del inquietante intruso, pero ni él daba un paso ni yo tampoco, ninguno se acercaba al otro.

Entonces sonó la campana de la torre; una sola campanada: las once y cuarto. Con todo, sirvió para romper mi encantamiento. Abrí la puerta de golpe.

Y, en efecto, allí estaba mi profesor, con una vela en la mano. La corriente de aire que se levantó con la puerta hizo aumentar la llama teñida de azul, y a la espalda del profesor se desprendió del cuerpo rígido para dibujarse oblicuamente en la pared una sombra gigantesca, tambaleante como la de un borracho. Él también hizo un movimiento al verme: se encogió como cuando un fuerte azote de viento nos arranca del sueño y, como acto reflejo, tiramos de la manta para guarecernos. Y entonces sí dio un paso hacia atrás, con la vela en la mano, temblando y goteando.

Yo también me eché a temblar, con un susto de muerte:

–¿Qué le pasa? –fue lo único que logré balbucear.

Él me miró sin hablar, igualmente le costaba articular las palabras. Por fin, depositó la vela encima de la cómoda, con lo que también se sosegó el juego de sombras que revoloteaba por el cuarto como los murciélagos. Al final, tartamudeó:

–Yo quería... quería...

De nuevo se le quebró la voz. Allí de pie, miró al suelo como un ladrón descubierto *in flagranti*. ¡Qué miedo insufrible! Él allí parado, yo en camisón, temblando de frío; él, encogido, muerto de vergüenza.

De pronto, aquella débil figura se recompuso. Se me acercó; una sonrisa maliciosa, de fauno, una sonrisa que solo tenía de amenazador el brillo de los ojos, pues los labios se apretaban al máximo, una sonrisa se dirigió a mí como una máscara extraña y primero me miró un instante, para luego, con el tono de la lengua bífida de una serpiente, espetarme:

—Solo quería decirle que... mejor dejemos de tutearnos. Es que no... no... es de recibo entre un discípulo y su profesor... ¿Comprende? Hay que guardar la distancia... la distancia... La distancia.

Y, mientras me decía esto, me miró tan lleno de odio, tan lleno de una maldad insultante, tan agresiva que hasta la mano se le cerró sola como una garra. Yo retrocedí dando tumbos. ¿Había enloquecido? ¿Estaba borracho? Allí seguía, de pie, con el puño apretado, como si fuera a abalanzarse sobre mí o a pegarme en la cara.

Con todo, el horror no se prolongó más de un segundo; luego, aquella mirada abominable se desmoronó. El profesor se dio la vuelta, farfulló algo que sonó como una disculpa, agarró la vela. Como un demonio negro y solícito apareció de nuevo la sombra que había permanecido plegada en el suelo y, por delante de él, recorrió temblequeando el camino hasta la puerta. Entonces también se puso en movimiento él, antes de que yo fuera capaz de reunir las fuerzas necesarias para pensar en decir algo. La puerta se cerró con un duro golpe; y la tarima de las escaleras crujió doliente bajo los atropellados pasos que casi rodaron por ellas.

Jamás olvidaría aquella noche; una rabia fría se alternaba a lo loco con una desesperación que me inflamaba por dentro. Como cohetes estridentes se disparaban mis pensamientos. ¿Por qué me tortura, preguntaba por centésima vez mi insufrible tormento; por qué me odia hasta el punto de subir a mi cuarto en plena noche con el único objeto de soltarme a la cara tales insultos con semejante inquina? ¿Qué le había hecho yo y qué debía hacer? ¿Cómo pedirle perdón sin saber qué le había ofendido por mi parte? Me arrojé a la cama en estado febril, me volví a levantar, me volví a agazapar bajo el cobertor... pero no dejaba de ver como si la tuviera delante aquella imagen fantasmal, mi profesor entrando furtivamente y como turbado por mi presencia, y detrás de él, ajena y enigmática, aquella sombra siniestra que temblequeaba en la pared.

Cuando, a la mañana siguiente, desperté tras quedarme traspuesto un rato, lo primero que hice fue intentar convencerme de que lo había soñado. Sin embargo, la cómoda conservaba los redondelitos amarillos de la parafina que había goteado de la vela. Y, para horror mío, mi memoria reconstruía una y otra vez, ahora en medio de la habitación llena de luz, al visitante furtivo que se había colado allí durante la noche.

No salí en toda la mañana. La idea de encontrarme con el profesor era superior a mis fuerzas. Intenté escribir, leer; no fui capaz de nada. Tenía los nervios destrozados, en cualquier momento podía sufrir un arrebato, echarme a llorar, a gritar... Contemplaba mis propios dedos, temblorosos como las hojas de un árbol ajeno a mi persona, y las rodillas no me sujetaban, como si me hubieran cortado los tendones. ¿Qué hacer? ¿Qué hacer? Me repetí la pregunta hasta el agotamiento; ya me latía la sangre en las sienes y empezaba a verlo todo borroso. Cualquier cosa menos bajar, menos toparme de frente con el profesor, no sin tener la seguridad de haber recuperado los nervios. De nuevo, me tiré en la cama, con hambre, hecho un mar de dudas, sin asearme, conmocionado, y de nuevo trataban mis sentidos de atravesar el fino entarimado para captar dónde estaría sentado ahora, qué estaría haciendo él, si estaba despierto como yo, desesperado como yo.

Se hizo el mediodía, y yo seguía en el lecho de fuego de mi confusión, cuando por fin oí un paso en la escalera. En todos mis nervios vibró la señal de alarma, aunque esta vez se trataba de un paso ligero, despreocupado, que subía los escalones de dos en dos como volando... y ya había una mano tocando a la puerta. Salté de la cama, pero no abrí.

–¿Quién es? –pregunté.

–¿Por qué no baja a comer? –respondió un tanto molesta la voz de la mujer de mi profesor–. ¿Está enfermo?

–No, no –tartamudeé confuso–, ya voy, ya voy.

Y entonces no me quedó más remedio que vestirme a toda prisa y bajar. Pero tuve que agarrarme a la barandilla de cómo me temblaban las piernas.

Pasé al comedor. Sentada en uno de los dos sitios puestos para comer me esperaba la mujer de mi profesor, que me saludó con el ligero reproche de que había tenido que ir ella a llamarme. En el sitio de él no había nadie.

Noté cómo se me subía la sangre a la cabeza. ¿Qué significaba aquella ausencia? ¿Acaso el profesor temía el encuentro conmigo más que yo mismo? ¿Se avergonzaba o es que ya no quería seguir compartiendo mesa conmigo? Por fin me decidí a preguntar si no venía.

Ella levantó la vista sorprendida.

–¿No sabe usted que se ha marchado esta mañana?

–¿Marchado...? –balbucí–. ¿Adónde?

Al instante se tensaron las facciones de ella:

–No ha tenido a bien comunicármelo, supongo que... será una de sus excursiones habituales.

Entonces, de pronto, se volvió hacia mí con gesto severo e interrogante y añadió:

–Pero ¿cómo es posible que no lo sepa *usted*? Si ayer por la noche aún subió a propósito a su cuarto... yo pensé que sería para despedirse... ¡Qué raro! Sí que es raro... que tampoco le haya dicho nada a usted.

–A mí...

Un grito fue cuanto pude articular. Y aquel grito, para mi vergüenza y mi deshonra, desató todo lo que tan fatídicamente había acumulado durante las horas anteriores. De pronto, me salió todo, rompí en sollozos, retorciéndome sin control, vomité un torrente de palabras atropelladas, de gritos, un amasijo de mil cosas revueltas a la desesperada; lloré –mejor dicho: solté, dejé que todo aquel tormento contenido saliera por mi boca temblorosa en forma de llanto histérico. Mis puños daban golpes aquí y allá en el tablero de la mesa, como un niño susceptible presa de una rabieta, con el rostro bañado en lágrimas me desahogué con el estallido de aquella tormenta que se cernía sobre mí desde hacía semanas. Claro que, al tiempo que semejante arrebato me hacía sentir alivio, me invadía una vergüenza infinita por delatarme así frente a ella.

–¿Qué le pasa? ¡Por Dios bendito!

Ella se había puesto de pie, sin saber qué hacer. Luego enseguida se me acercó, me llevó de la mesa al sofá.

–Acuéstese. Tranquilícese.

Se puso a acariciarme las manos, me pasaba la mano por el cabello, mientras mi cuerpo tembloroso seguía sufriendo sacudidas, todavía sin calmarse del todo.

–No se torture, Roland... No se deje torturar. Conozco todo esto, lo estaba viendo venir.

Seguía acariciándome el cabello. Sin embargo, de pronto, su voz volvió a sonar dura:

–Yo misma sé hasta qué punto puede llegar a confundirle a uno mi esposo, nadie lo sabe mejor que yo. Pero créame, siempre he tratado de advertírselo, cada vez que lo veía aferrarse a él como si no hubiera nada más en este mundo, cuando él mismo no sabe a qué agarrarse. Usted no lo conoce, está ciego. Es un niño... No se imagina nada, es más, hoy tampoco se imagina nada, ni siquiera hoy. O tal vez hoy haya empezado a entender algo... tanto mejor, pues, para él y para usted.

Ella permanecía inclinada con ternura sobre mí, yo sentía sus palabras como si brotaran de unas profundidades de cristal, como sentía la caricia de sus manos tranquilizadoras aliviando mi dolor. Me hacía bien sentir por fin, por fin, un ápice de compasión, y he de reconocer que también me hacía bien volver a sentir la ternura de una mano femenina, una cercanía casi maternal. Tal vez me había faltado también eso durante demasiado tiempo, y ahora que, a través de aquel velo de pesadumbre, recibía el cariño de una mujer amable conmigo, en medio de mi dolor me invadió una sensación de bienestar. Con todo, ¡qué vergüenza me daba, qué vergüenza haber sufrido aquel ataque delator, haberme entregado así a la desesperación sin tapujos! Y sucedió en contra de mi voluntad que, irguiéndome con harto esfuerzo y ahora de forma entrecortada, volví a soltar a gritos el dolor por todo lo que me había hecho; cómo me había rechazado y luego perseguido para atraerme hacia él de nuevo, cómo se mostraba muy duro conmigo sin motivo alguno, sin saber yo por qué... Un maltratador al que, a pesar de todo, me sentía unido por un vínculo de amor, pues lo odiaba amándolo y lo amaba odiándolo. De nuevo empecé a excitarme tanto que ella tuvo que tranquilizarme otra vez. De nuevo me condujeron sus manos suaves a la cama turca de la que, en el fragor de mi lamento, me había levantado de un salto. Por fin me quedé más tranquilo. Ella guardaba silencio, sospechosamente pensativa; yo sentía que lo comprendía todo e incluso comprendía más que yo mismo...

Durante unos minutos nos unió aquel silencio. Luego, la mujer se levantó.

–Bueno, ya ha sido usted niño durante el tiempo suficiente, ahora vuelva a comportarse como un hombre.

Siéntese a la mesa conmigo y coma. No ha sucedido ninguna tragedia... Un malentendido que se solucionará.

Y cuando hice ademán de llevarle la contraria, añadió enérgicamente:

—Se solucionará, porque no pienso yo dejar que siga tratándolo a usted así y confundiéndolo así. Esto tiene que acabar, él tendrá que aprender a dominarse un poco. Usted es demasiado bueno para sus osados juegos. Hablaré con él, déjelo en mis manos. Pero ahora haga el favor de sentarse a comer.

Avergonzado y sin voluntad, dejé que me llevara de vuelta a la mesa. Ella enseguida se puso a hablar con cierto nerviosismo de cosas inanes, y en mi fuero interno le agradecía que hiciera como si no hubiera pasado nada, como si ya hubiera olvidado por completo aquel vergonzante arrebato mío. Al día siguiente era domingo, insistió, y ella tenía pensado ir de excursión a un lago cercano con el profesor W. y su novia, me sentaría bien ir con ellos, animarme, liberarme de los libros. Mi profundo malestar tan solo revelaba el agotamiento por el trabajo, el exceso de tensión nerviosa; una vez en el agua o caminando por la naturaleza, seguro que mi cuerpo recuperaba el equilibrio.

Le prometí que iría. Lo que fuera menos la soledad, menos las cuatro paredes de mi cuarto, menos aquel oscuro torbellino de pensamientos.

—Y tampoco se quede en casa esta tarde. Salga a pasear, corra hasta caer rendido, diviértase —subrayó luego.

«Es curioso», pensé yo, «cómo adivina mis sentimientos más profundos, cómo esta mujer, que después
de todo apenas conozco, sabe siempre lo que necesito y
lo que me está haciendo daño, en tanto que el profesor,
que lo sabe perfectamente, me ignora y me machaca».

También le prometía que así lo haría. Y, al levantar la
vista, agradecido, descubrí un rostro nuevo: el gesto
burlón y arrogante que siempre le confería cierto aire de
muchacho desvergonzado había desaparecido por entero, dando paso a una mirada dulce y compasiva. Jamás la
había visto tan seria. «¿Por qué él no me mira nunca con
tanta bondad?», se preguntaba anhelante, en mi interior, un sentimiento de incomprensión. «¿Por qué él
nunca se da cuenta de que me está haciendo daño? ¿Por
qué no me ha posado nunca una mano en el pelo, o me
ha cogido las manos con tanta ternura, para hacerme
tanto bien?

Agradecido, le besé a ella la mano, que se apresuró a re-
tirar, casi con virulencia.

–No se torture –repitió una vez más, y se inclinó para
hablarme de más cerca. Luego, en cambio, la dureza volvió a sus labios; poniéndose de pie con brusquedad, añadió en voz baja–: Créame, él no lo merece.

Y aquellas palabras, susurradas de manera casi imperceptible, volvieron a aguijonear el corazón que ya casi se
había sosegado.

Lo que comenzó esa tarde y esa noche resulta tan ridículo e infantil que durante años me ha dado vergüenza

pensar en ello, es más: una censura interior reprimía automáticamente cualquier recuerdo. En fin, hoy ya no me avergüenzan aquellos dislates, al contrario: comprendo muy bien a aquel joven indómito, presa de la máxima confusión de las pasiones, que se dio a la acción desaforada para superar la incertidumbre de sus propios sentimientos.

Como al final de un pasillo larguísimo, como a través de un telescopio, así es como me veo: un muchacho desesperado, destrozado, que sube a su cuarto y no sabe qué hacer con su persona. Y que, de pronto, se pone la levita, adopta un paso distinto, despliega gestos de tremenda determinación y, sin pensárselo dos veces, se lanza a la calle con imparables y enérgicas zancadas. Sí, soy yo, me reconozco, recuerdo hasta el último detalle de lo que pensaba aquel pobre muchacho, necio y atormentado de antaño, lo recuerdo: de pronto, me planté bien erguido –frente al espejo y todo– y dije: «¡Que se vaya al diablo! ¡Yo, ni caso! ¡De qué voy a sufrir por ese viejo chiflado! Tiene razón ella: ¡Hay que divertirse, pasarlo bien! ¡Vamos!».

Así fue, así salí a la calle aquel día. Fue un golpe para liberarme... al que siguió una carrera a lo loco, una pura huida cobarde para no tener que reconocer que aquel firme afán de darme al gozo en realidad no tenía mucho de gozoso, y que mi corazón seguía igual de oprimido por un bloque de hielo durísimo. Todavía me acuerdo de cómo fui por la calle, con el pesado bastón de paseo en la mano, retando con la mirada a los estudiantes con los que me iba cruzando; en mi interior bullían unas terribles ganas de pelearme con quien fuera, una rabia que no sabía canalizar sino dándole una paliza al primero que pillara por el camino. Para suerte mía, nadie se dignó hacerme ni caso. Me dirigí, pues, al café donde solían reunirse mis compañeros de clase, dispuesto a sentarme a su mesa sin necesidad de invitación y a aprovechar la mínima discrepancia para considerarlo una afrenta. Pero, de nuevo, mi belicosidad no halló réplica; el día espléndido había animado a la mayoría a salir de excursión, y los dos o tres que encontré sentados en grupo me saludaron cortésmente y en modo alguno dieron pie a desahogar con ellos mis febriles ganas de pelea. Rabioso, no tardé en levantarme para ir a otro sitio de las afueras de la ciudad, un tugurio que ni siquiera llegaba a la categoría de «dudoso» donde, entre espeso humo y jarras de cerveza y con una estrepitosa orquestilla femenina de fondo, se apelotonaban los juerguistas de peor calaña de la localidad. Me eché al cuerpo dos, tres cervezas de golpe, invité a mi mesa a una fémina de pésima reputación junto con su amiga, otro escuerzo maquillado de vida disoluta, y me recreé en hacer lo posible por llamar la atención. En aquella ciudad tan pequeña me conocía todo el mundo, todo el mundo sabía que era el discípulo del profesor; del mismo modo, aquella gente también era inconfundible por su comportamiento y su indumentaria atrevida, y así me entregué al placer tan absurdo como falso de mancharme y (según creía, ingenuo de mí) de mancharlo a él. «Que vean todos», pensaba yo, «lo poco que me importa, cómo ignoro nuestro víncu-lo», dedicándome a cortejar a la pechugona con la ma-yor desvergüenza y falta de tacto que se pueda imaginar. Estaba como ebrio de una maldad sin freno y tampoco tardé en estar ebrio de verdad, pues bebimos de todo re-vuelto: vino, aguardiente y cerveza, y gesticulábamos tan a lo bruto que volcamos las sillas y los de las mesas vecinas se apartaron de nosotros. Pero a mí no me daba ninguna vergüenza, todo lo contrario: «¡Que se ente-re!», me decía en mi desenfreno, «¡Que vea la indiferen-cia que siento por él! Porque no estoy triste, no estoy ofendido ni mucho menos. ¡Al revés!

–¡Más vino!

Y di tal puñetazo en la mesa que las jarras tintinearon y temblaron. Finalmente salí del local con las dos muje-res, una del brazo izquierdo y otra del derecho, por toda la calle principal, donde la hora del paseo –nueve de la noche– reunía a estudiantes y muchachas, burgueses y militares en su costumbre diaria de recorrerla con sose-gada parsimonia. Haciendo eses, el ruidoso e indeseable trébol que formábamos armamos tanta bulla por la cal-zada que acabó acercándosenos un guardia enfadado y nos llamó al orden. No soy capaz de describir en detalle lo que siguió... Una especie de nebulosa azul me impide recordarlo y solo sé que, asqueado de aquellas dos muje-res borrachas y yo mismo lejos de ser dueño de mis facul-tades mentales, les di dinero para que se fueran, todavía entré en otro local para tomarme un café y un coñac y, para diversión de los viandantes, solté una filípica contra los catedráticos ante las puertas de la universidad. Luego, por puro instinto de rebozarme en el barro más todavía y –¡ay, absurdo pensamiento fruto de la rabia de quien sufre hasta enloquecer!– hacerle daño a él, quise ir a una casa de citas, pero no encontré el camino y, de pésimo humor, volví a casa dando tumbos. Abrir la puerta fue todo un reto para mis manos de enajenado, como también me costó harto esfuerzo subir los primeros escalones.

Luego, en cambio, frente a la puerta de su casa, como si hubiera metido la cabeza en un cubo de agua helada, se me pasó la borrachera de golpe. Completamente sobrio al instante, hube de hacer frente a necedad tan desmesurada y sin sentido alguno que acababa de cometer. Quise morir de vergüenza. Y, con mucho sigilo, encogido como un perro apaleado y rezando para que no me oyera nadie, recorrí el camino hasta mi habitación.

Había dormido como un muerto; cuando me desperté, ya bañaba el sol todo el suelo de la buhardilla y empezaba a subir por el borde de la cama, y me levanté de un salto. En la dolorida cabeza empezó a surgir el recuerdo de la noche anterior, pero reprimí la vergüenza; no estaba dispuesto a avergonzarme de nada. Después de todo, era culpa de él –me autoconvencí–, él era el único culpable de aquel comportamiento impresentable por mi parte. Me tranquilicé pensando que lo de la víspera tan solo había sido una típica gamberrada estudiantil que bien podía permitirse alguien que no había hecho más que trabajar y trabajar durante semanas y semanas; cierto era, por otro lado, que tampoco estaba muy a gusto con tal justificación, y así me sentí bastante cohibido al bajar a recoger a la esposa del profesor, pues le había prometido acompañarla en la excursión.

Es curioso: en cuanto rocé el picaporte de su puerta, volví a tener muy presente al profesor, como también volvió el dolor espantoso, perturbador, desquiciante, la desesperación salvaje que se había adueñado de mí. Llamé suavemente, salió a abrirme la mujer con una particular dulzura en la mirada:

—¿Qué locuras anda haciendo, Roland? —me dijo, aunque con más compasión que reproche—. ¿Por qué se tortura así?

Yo estaba consternado; así que ya se había enterado también ella de mis vergonzantes correrías. Sin embargo, enseguida supo disipar mi apuro:

—Bueno, hoy seremos sensatos. A las diez vienen el profesor W. y su novia, saldremos de la ciudad y acabaremos con todas esas tonterías remando y nadando.

Temeroso, aún me atreví a formular la innecesaria pregunta de si ya estaba de vuelta el profesor. Ella me miró sin contestar, pues yo mismo sabía que preguntaba en vano.

A las diez en punto apareció el profesor, un joven físico que, como judío, estaba bastante aislado dentro del círculo social académico —en realidad era el único que todavía trataba con nosotros, que estábamos al margen de todos—; lo acompañaba su novia, quien con toda pro-

babilidad había empezado siendo su amante, una jovencita que se reía por cualquier cosa, simple y un tanto
alocada, y por todo ello la compañía idónea para una excursión improvisada como aquella. Primero fuimos en
el tren a un pequeñísimo lago cercano, sin parar de comer, parlotear y reír unos con otros, y yo había perdido
tanto la costumbre de la charla animada en aquellas semanas de ardua seriedad que ya aquel rato me embriagó
como el vino espumoso. Ciertamente, sus chanzas infantiles lograron sacar mis pensamientos de su infinito
pozo de oscuridad y, apenas me encontré al aire libre y
sentí de nuevo mis músculos, en una carrera con la muchacha que surgió por azar, volví a ser el joven atlético y
despreocupado de antes.

En el lago, tomamos dos barcas de remo; la esposa de
mi profesor ocupó la proa de la mía y en la otra monta-
ron el físico y su novia, cada uno a un remo. Como no
podía ser de otra manera, nada más desamarrar las barcas
se adueñó de todos el afán deportivo de adelantarnos, y
eso que me hallaba en desventaja, pues remaba solo,
mientras que los otros lo hacían a cuatro manos; no obstante, quitándome la chaqueta, yo que era todo un atleta
de aquel deporte, me di a los remos con tal energía que
sacaba varias paladas a la otra barca una y otra vez. En un
incesante duelo de chanzas, retándonos unos a otros y
sin importarnos el calor de aquel mes de julio ni los cho-
rros de sudor que nos bañaban indecorosamente, boga-
mos con todas nuestras fuerzas cual condenados a gale-
ras. Por fin vimos cerca nuestra meta: un bosquecillo en

una lengua de tierra del lago, así que nos entregamos al deporte con más fuerza y, para regocijo de mi compañera de barca, entusiasmada también con la gracia de la competición, la nuestra fue la primera en tocar la gravilla de la playa. Salté a tierra, acalorado, empapado en sudor, embriagado por el sol después de tanto tiempo sin verlo, por la excitación que me corría por las venas, por la alegría de haber ganado; tenía el corazón desbocado, la ropa toda pegada al cuerpo. El joven profesor no ofrecía mejor aspecto, pero en lugar de recibir elogios de nuestras soberbias damas aún se burlaron de nosotros, pobres y sufridos héroes del remo, por nuestros resoplidos y aspecto harto lamentable. Por suerte nos concedieron una tregua para refrescarnos, así que, entre comentarios jocosos, se improvisaron dos áreas para los bañistas, damas y caballeros respectivamente, a izquierda y derecha de los arbustos. Nos apresuramos a ponernos la ropa de baño, por detrás del ramaje se vieron prendas de ropa blanca y brazos desnudos y ya escuchamos el suave chapoteo de las mujeres metiéndose en el agua cuando nosotros aún nos preparábamos para lo mismo. El profesor, menos agotado que yo, que había vencido solo a dos remeros, enseguida se echó al agua tras ellas; yo, en cambio, como me había excedido en el esfuerzo y todavía sentía fuertes palpitaciones en el pecho, primero me tumbé a la sombra, muy a gusto, y dejé que las nubes pasaran suavemente por encima de mi cabeza, disfrutando del dulce rumor del cansancio y de la placentera sensación en las venas cuando el fluir de la sangre recupera su ritmo.

Claro que, al cabo de pocos minutos, empezaron a llamarme sin parar desde el agua:

–¡Vamos, Roland! ¡Echemos una carrera! ¡Premio al nadador más rápido! ¡Premio al buceador más rápido!

Yo no me moví; me sentía como si pudiera permanecer allí acostado durante mil años, con el cosquilleo del sol tostándome la piel que al mismo tiempo refrescaba el roce de una suave brisa. Pero de nuevo llegaron hasta mí unas risas, la voz del físico:

–¡Se resiste! ¡Lo hemos dejado sin fuerzas para nada! Vaya usted a buscar a ese perezoso.

En efecto, al instante oí acercarse un chapoteo y, a continuación, muy cerca, la voz de la mujer de mi profesor:

–¡Vamos, Roland! ¡Vamos a echar una carrera! Tenemos que demostrarles a esos dos quién nada mejor.

Yo no reaccioné, me divertía hacerme de rogar.

–Pero ¿dónde está?

Ya oí el crujido la gravilla, oí pies descalzos recorriendo la orilla en mi busca, y, de pronto, la tuve frente a mí, con el traje de baño pegado al cuerpo, delgado como el de muchacho.

–Aquí está. ¡Menudo zángano! Pues eso se acabó, volando al agua, que los otros ya están casi en la isla.

Yo estaba tumbado boca arriba, me estiré cual gato panza arriba.

–Se está mucho mejor aquí. Ya iré más tarde.

–¡No quiere! –exclamó ella en dirección al agua, riendo y haciendo bocina con la mano.

–¡Al agua con ese fanfarrón! –llegó desde muy lejos la voz del físico.

–¡Vamos, al agua! –me insistió ella impaciente–. No me haga quedar mal.

Yo no hice más que bostezar lánguidamente. Ella entonces, medio en broma, medio enfadada, arrancó una ramita de un arbusto.

–¡Arriba! –repitió ella enérgica, propinándome un latigazo con la ramita. Yo di un respingo: me había dado con demasiada fuerza, me recorría el brazo una delgada línea como de sangre

–Ahora sí que no –dije, igualmente medio en broma, medio irritado.

Esta vez, con rabia de verdad, exclamó:

–¡Venga, al agua! ¡De inmediato!

Y como yo, por rebeldía, no me moví, volvió a golpearme con la ramita, un latigazo bien fuerte que me hizo arder la piel.

De un salto me puse en pie para arrancársela de las manos, ella retrocedió, pero yo la atrapé por un brazo. Sin querer, en la lucha por la ramita, nuestros cuerpos semidesnudos se acercaron mucho. Y, cuando la agarré del brazo y le retorcí la muñeca para obligarla a soltar la ramita, y ella se inclinó mucho hacia atrás para evitarme, de pronto oímos un chasquido... El pasador del tirante del bañador se había arrancado, y el lado izquierdo de la prenda se cayó, dejando al descubierto el pecho, y me encontré con el pezón duro y rojo delante de los ojos. No pude evitar mirarlo un instante, pero me quedé turbado: temblando y muerto de vergüenza, le solté la mano. Ella se volvió, sonrojándose, para recomponer el pasador como pudo con una horquilla del pelo. Yo me quedé allí de pie sin saber qué decir. Ella también guardó silencio. Y, a partir de entonces, un silencio angustioso, como un nudo en la garganta, se instaló entre ambos.

–¿Hola! ¡Hola! ¿Dónde estáis? –nos llegaban las voces desde la pequeña isla.

–¡Sí, ya voy! –me apresuré a responder y salté al agua, alegrándome de escapar así de un nuevo motivo de confusión. Un par de brazadas por debajo del agua, el fascinante placer de darse impulso y avanzar, la claridad y el frescor de este elemento sin gravedad... y ya pareció que el fatídico hervor de la sangre revuelta se aliviaba gracias a un placer más fuerte, más luminoso. No tardé en reunirme con nuestros acompañantes, reté al físico –que era menos atlético que yo– a una serie de pruebas deportivas de las que salí vencedor universal, volvimos nadando hasta la lengua de tierra donde la que no había vuelto a bañarse nos esperaba, ya vestida, para a continuación organizar el picnic al aire libre que había traído preparado en unas cestas. Eso sí, a pesar del desenfado con que transcurría la conversación entre los cuatro, nosotros dos evitábamos sistemáticamente dirigirnos la palabra: hablábamos y reíamos como si el otro no estuviera allí. Y, cuando se cruzaban nuestras miradas, los dos rehuíamos la del otro al instante, como por un acuerdo tácito; ninguno habíamos superado el apuro de aquel incidente, y cada cual sentía con apurada inquietud que el otro todavía lo tenía en la cabeza.

La tarde pasó muy rápido con otra competición de remo, aunque el entusiasmo por el triunfo deportivo fue dando paso a un cansancio muy agradable: el vino, el calor, el sol que nos había dado... todo había calado en nuestro cuerpo y lo había tornado más rojo. El físico y su novia se permitían ciertas confianzas que la mujer de mi profesor y yo hubimos de tolerar con no poco embarazo; ellos cada vez se arrimaban más, mientras que nosotros manteníamos la distancia con mayor recelo todavía, pero, a pesar de todo, se formaron dos parejas claras por el simple hecho de que aquellos dos locuelos se quedaban rezagados por el camino, sin duda para besarse en el bosque sin que nadie los molestase, y, cuando nos quedábamos solos nosotros, nuestra conversación se topaba con el obstáculo de la vergüenza. Al final, todos sentimos un gran alivio al vernos en el tren de vuelta; ellos, pensando en la noche que pasarían juntos, nosotros, de escapar de una vez de tan penosas situaciones.

El físico y su novia nos acompañaron hasta el portal de nuestro edificio. Por las escaleras ya subimos solo ella y yo; en cuanto entramos en su casa, volví a sentir el abrumador anhelo y la angustiosa confusión que me inspiraba la presencia del profesor. «¡Ojalá haya vuelto!», pensé impaciente. Y ella, como si me hubiera leído en los labios el suspiro interrumpido, dijo:

–Vamos a ver si ha vuelto ya.

Entramos. La casa estaba en silencio. En su despacho había quedado todo abandonado. Inconscientemente, la exaltación de mis sentimientos recreó en el sillón vacío su triste figura encogida; sin embargo, los papeles permanecían intactos, a la espera, igual que yo mismo. Entonces volvió a adueñarse de mí la amargura: ¿Por qué había salido huyendo, por qué me dejaba solo? Un sentimiento de rabia y celos me subía por la garganta cada vez con más rencor, de nuevo me invadían aquellas enloquecidas ganas infantiles de cometer alguna fechoría, alguna maldad contra él.

Su esposa me había seguido.

–¿Se quedará a cenar? Hoy no debería estar solo.

¿Cómo sabía que me daba miedo aquel despacho vacío, que me daba miedo el crujido de la tarima de las escaleras, el oscuro recuerdo... Ella siempre adivinaba lo que me pasaba, cualquier pensamiento, cualquier cosa mala que quisiera hacer.

Me entró un miedo que no supe definir, miedo de mí mismo y del odio desatado que se había apoderado de mí, quería rechazar su invitación. Pero fui cobarde y no me atreví a pronunciar un «no».

Desde siempre he condenado el adulterio, pero no por una cuestión de superioridad moral, por mojigatería o porque va en contra de la norma social, ni tampoco tanto porque es como un robar en la oscuridad, tomar posesión de un cuerpo que pertenece otro, sino porque, en tales momentos, la mujer suele delatar lo más secreto de su esposo... Toda mujer convertida en una Dalila que roba al esposo engañado su secreto más humano para entregárselo con displicencia a un extraño, sea el secreto de su fuerza o su debilidad. No me parece una traición el hecho de que las mujeres se entreguen ellas mismas, sino el que luego, para justificarse, casi siempre levantan el velo de la vergüenza del esposo que, como dormido, no sabe de sus manejos, y lo dejan expuesto a la curiosidad ajena, a la burla y el escarnio.

Así, pues, no es que por aquel entonces, cegado por la desesperación y la rabia ciega, hallara refugio en el abrazo de la esposa de mi profesor, que surgió de la pura compasión y después sí dio paso a la ternura –un sentimiento desembocó en el otro de forma fatal–, no es eso lo que hasta el día de hoy considero la bajeza más lamentable de toda mi vida (pues no sucedió por voluntad propia de ninguno, sino que ambos caímos en aquel abismo de fuego sin darnos cuenta, inconscientemente), sino haber consentido que, sobre los almohadones calientes, por así decir, la esposa exaltada me revelase intimidades de mi profesor, secretos de su matrimonio. ¿Por qué toleré, sin apartarla de mi lado, que me contara que su esposo llevaba años rechazando cualquier contacto físico con ella, que se explayara en oscuras figuraciones? ¿Por qué no me impuse y le mandé callar acerca de lo más secreto del sexo de su esposo? Claro, yo ardía por conocer su secreto hasta tal punto, me moría por saber qué tenía en mi contra, en contra de ella, en contra de todo el mundo, que en mi ofuscación presté oídos a aquella confesión furiosa sobre las desatenciones del esposo... ¡Si era el mismo sentimiento de rechazo por el que sufría yo mismo! Y así sucedió que, unidos por un irracional odio común, hicimos algo que tenía la apariencia de ser amor; sin embargo, al mismo tiempo que nuestros cuerpos se buscaban y se penetraban, ninguno dejábamos de pensar en él, de hablar de él una y otra vez. A veces, me dolía lo que decía ella, y me avergonzaba verme enredado que lo que yo mismo condenaba. Pero el cuerpo por debajo de la cabeza ya no obedecía a la voluntad, sino al desafuero de su propio placer. Y, estremecido, besé los labios que delataron a la persona que más quería en este mundo.

A la mañana siguiente, con un sabor amargo de asco y vergüenza en la lengua, subí sigilosamente a mi cuarto. En el instante en que el cuerpo de la mujer ya no me nublaba los sentidos, me hice cargo de la cruda realidad y de lo repugnante de mi traición. Nunca más –de inmediato lo supe–, podría presentarme ante el profesor, nunca más podría estrecharle la mano. No era a él, era a mí mismo a quien le había robado su mayor tesoro.

Ahí no me quedaba más que una vía de salvación: la huida. Febril, empaqueté todas mis cosas, apilé mis libros, pagué a mi casera. El profesor no podía encontrarme allí, también yo tenía que desaparecer, misteriosamente y sin dejar rastro, igual que había hecho él.

Sin embargo, en pleno trajín de recogerlo todo, de pronto se me quedó paralizada la mano. Había oído crujir la tarima, unos pasos subían por la escalera a toda prisa... sus pasos.

Debí de palidecer cual cadáver. Pues, en cuanto entró en mi cuarto, se asustó.

–¿Qué te pasa, muchacho? ¿Estás enfermo?

Yo di unos pasos atrás. Lo esquivé, cuando fue a acercarse a mí para tocarme y prestarme ayuda.

–¿Qué te pasa? –preguntó con temor–. ¿Te ha pasado algo? ¿O acaso... acaso... sigues enfadado conmigo?

Yo me mantenía girado hacia la ventana como un poseso. No quería mirarlo. Su voz cálida, compasiva, abría como una herida en mi interior: sentía que me subía por el cuerpo una suerte de impotencia, un calor, un calor tremendo que quemaba y que me quemaba a mí, como un chorro de vergüenza al rojo vivo.

Pero también él estaba perplejo, turbado. Y, de pronto –con mucha cautela, bajando mucho con voz– musitó una pregunta muy extraña:

–¿Acaso... acaso alguien... te ha dicho algo de mí?

Sin darme la vuelta, hice un gesto que lo negaba. No obstante, él parecía presa de una idea, de un temor, e insistió:

–Dímelo... confiésamelo. ¿Es que alguien te ha dicho algo de mí? Sea quien sea, no te preguntaré quién.

Yo volví a negarlo. Él no sabía que hacer. Pero, de pronto, debió de darse cuenta de que había hecho las maletas y recogido mis libros, y que su llegada me había interrumpido en plena preparación del viaje. Exaltado, se me acercó.

–Te vas a marchar, Roland, lo veo... Dime la verdad.

Entonces hice acopio de valor.

–Debo marcharme... Perdóneme... pero no puedo hablar de ello... se lo escribiré.

El nudo en la garganta no me permitió decir más, y cada palabra fue una puñalada en el corazón.

Él no movió un músculo. Luego, de pronto, volvió a ser el viejo sin fuerzas de tantas ocasiones.

–Tal vez sea mejor así, Roland. Pero antes de marcharte, me gustaría hablar contigo por última vez. Ven esta tarde a las siete, a la hora de siempre... y nos despediremos, de hombre a hombre. Nada de huir de uno mismo, nada de cartas... eso sería infantil y muy poco digno de nosotros... y, luego, lo que quiero decirte no ha lugar sobre ningún papel... Así que vendrás, ¿a que sí?

Yo me limité a asentir con la cabeza. Mis ojos seguían sin querer apartarse de la ventana. Pero ya no veían nada de la claridad de la mañana; entre mi persona y el mundo se había formado un espeso velo oscuro.

A las siete de la tarde entré por última vez en aquel despacho que tanto amaba: recibía a través de las cortinas de la puerta una oscuridad anticipada, apenas se percibía, al fondo, el resplandor satinado de las estatuas de mármol, y todos los libros dormían negros tras el brillo nacarado del cristal de sus vitrinas. Espacio secreto de mis recuerdos, donde la palabra se me había tornado magia y donde había experimentado la euforia y la fascinación de lo intelectual como en ningún otro lugar... Siempre te veo como en aquel momento de la despedida, como siempre veo la venerada figura emergiendo lentamente de detrás del respaldo del sillón, muy lentamente, para acercarse a mí como una sombra; tan solo la frente redondeada brilla como una lámpara de alabastro en medio de la oscuridad, y más allá flamea una suerte de humo: el cabello blanco del viejo profesor. Ahora, con esfuerzo, aparece de abajo a arriba una mano, busca la mía, ahora veo los ojos que me miran muy serios, y ya siento que me agarran el brazo con suavidad y me llevan a sentarme en su sillón.

—Siéntate, Roland, y hablemos claro. Somos hombres y debemos ser sinceros. No quiero obligarte, pero ¿no sería mejor que esta última hora sirviera a la entera claridad entre nosotros? Dime, ¿por qué quieres marcharte? ¿Estás enfadado conmigo por una ofensa tan absurda como la del otro día?

Yo negué con un gesto. ¡Qué horror que él, el engañado, el traicionado, aún pretendiera asumir la culpa!

—¿Es que te he hecho daño de algún otro modo, consciente o inconscientemente? A veces soy raro, lo sé. Y te he exigido muchísimo, te he atormentado sin quererlo. Y nunca te he agradecido lo suficiente tu enorme implicación... Lo sé, lo sé, siempre lo he sabido, incluso en los momentos en que te he hacía daño. ¿Es ese el motivo? Dímelo, Roland, pues quiero que nos despidamos desde la sinceridad.

De nuevo negué con la cabeza; no era capaz de hablar. Su voz seguía sonando firme, pero empezaba a reflejar cierta confusión.

—O acaso... Te lo pregunto una vez más. ¿Acaso alguien te ha dicho algo de mí? ¿Algo que te resulta... una bajeza... que te causa repulsión... algo que... algo que tú... hace que me desprecies?

–¡No! ¡No... no! –brotó mi protesta, más bien como un sollozo. ¡Cómo iba a despreciarlo yo a él! ¡Yo a él!

La impaciencia impregnó su voz.

–¿Entonces qué es...? ¿Qué otra cosa puede ser...? ¿Acaso te has cansado del trabajo...? ¿O hay algo que te impulsa a marcharte...? ¿Una mujer...? ¿Es una mujer?

Yo callé. Y aquel silencio debió de ser distinto al anterior, pues él lo interpretó como asentimiento. Se inclinó para acercarse más a mí y, muy bajito, sin un ápice de irritación, sin irritación ni rabia alguna, preguntó:

–¿Es una mujer? ¿... *mi* mujer?

Yo permanecí callado. Y él comprendió. Un temblor recorrió todo mi cuerpo. Ahora sí, ahora sí que montaría en cólera, se abalanzaría sobre mí, me pegaría, me castigaría... y... Yo casi ansiaba que me azotase, por ladrón y por traidor, ojalá me echase a palos de su casa mancillada como a un perro sarnoso. Sin embargo, ¡qué extraño!, él no se alteró en absoluto... y casi pareció que sentía alivio cuando, como hablando consigo mismo, murmuró:

–Podía habérmelo imaginado...

Se puso a andar de un lado a otro de la habitación, dos veces la recorrió. Luego se detuvo frente a mí y me dijo, casi con desprecio, o así se me antojó al menos:

–¿Y por eso... por eso te afliges tanto? ¿No te ha dicho ella misma que es libre de hacer y de estar como le venga en gana, de que yo no tengo derecho alguno sobre ella? No tengo derecho a prohibirle nada, y, además, tampoco me apetece lo más mínimo... Y por qué iba tener que reprimirse ella con nadie, en especial contigo... Eres joven, eres bello y estás lleno de luz... Eres un íntimo nuestro... Cómo no iba a amarte a ti... Tan apuesto, joven, cómo no iba a amarte... Yo...

De pronto, empezó a temblarle la voz. Y se inclinó hacia mí, tan cerca que podía percibir su respiración. De nuevo sentí cómo su mirada me envolvía con una gran calidez, de nuevo tenían esa extraña luz... la que se había encendido entre ambos en ciertos instantes muy especiales. Se me acercaba cada vez más.

Y entonces susurró en voz baja, sin apenas mover los labios:

—Yo... al fin y al cabo, yo... también te amo.

¿Me sobresalté? ¿Me había espantado sin querer? En cualquier caso, algún gesto de sorpresa, de huida, debió de realizar mi cuerpo, pues él se apartó tambaleándose, sintiéndose rechazado. Una sombra oscureció su rostro.

—¿Ahora me desprecias? —preguntó en voz muy baja—. ¿Te resulto repugnante ahora?

¿Por qué no fui capaz de hallar las palabras? ¿Por qué me limité a permanecer allí mudo, sin sentir nada, apurado, aturdido, en lugar de acercarme al enamorado y liberarlo de su insufrible angustia? En mi interior, en cambio, hervía un torbellino de recuerdos; como si, de pronto, una clave me hubiera descifrado todos aquellos mensajes impenetrables, ahora lo entendía todo con una claridad tremenda, entendía sus acercamientos llenos de ternura y su brusco rechazo, entendí estremecido aquella visita en medio de la noche y la obstinada huida ante la pasión que mi entusiasmo alimentaba. Amor, sí, en realidad lo había sentido siempre a su lado, tierno y tímido, a veces desbordado, otras reprimido con ferocidad, y yo había amado y disfrutado aquel amor en cada uno de los rayos que fugazmente llegaron a rozarme... Ahora bien, el amor, la palabra, pronunciada ahora por una boca con barba, con sensualidad y ternura, hizo estallar en mi cabeza un horror tan dulce como terrible. Y aun cuando ardía de devoción y compasión por él, el joven tembloroso, abrumado y azoradísimo no fue capaz de encontrar palabras para aquella pasión de la que era objeto sin haberlo sospechado.

Él se había sentado, hundido, con la mirada fija en mi silencio.

–Tanto te horroriza, tanto... –murmuraba–, tampoco tú has de perdonarme, pues; tú, frente a quien me he mordido los labios hasta casi asfixiarme... de quien me he escondido como jamás me había escondido de nadie... En fin, de todos modos, es mejor que lo sepas, así me libero de ese peso... Porque ya era demasiado para mí... ¡Ay! Demasiado... Así es mejor, mejor llegar a un final que seguir callado, callando...

Sus palabras se desbordaban de tristeza, de ternura y vergüenza; el tono en que las pronunció me llegó a lo más hondo. Yo estaba avergonzado de seguir callado con tal frialdad, de no poder reaccionar sino con aquel silencio de hielo ante el hombre que me había dado mucho más que nadie en toda mi vida y ahora se rebajaba ante mí tan enloquecidamente. Me moría por decirle algo que lo consolase, pero los labios temblorosos no me obedecieron. Y seguí sentado, tan compungido, revolviéndome en el sillón deseando que me tragase la tierra, que fue él quien, casi de mala gana, aun tuvo que animarme:

–No estés así, Roland, di algo, por lo que más quieras... Recomponte... ¿De verdad te resulta tan insoportable? ¿Tanto te avergüenzas de mí? Si ahora ya ha pasado todo, ya te lo he dicho todo... Por favor, despidámonos al menos como es debido, como corresponde a dos hombres, a dos amigos.

Pero yo seguía sin ser dueño de mí mismo. Entonces, él me tocó el brazo:

–Ven, Roland, siéntate a mi lado... Yo me siento más aliviado desde que lo sabes, desde que por fin reina la claridad entre los dos... Al principio tenía miedo de que adivinaras el aprecio que te tengo... Luego albergué la esperanza, una y otra vez, de que lo sintieras y así no fuera necesario confesártelo... Con todo, ahora ya está hecho, ya soy libre... Ahora puedo hablarte como jamás he podido hacerlo con nadie. Porque tú has significado para mí mucho más que nadie en todos estos años... Te he amado como a nadie... Como nadie has conseguido, muchacho, despertar lo último que me quedaba de mi ser... Es de recibo que, en nuestra despedida, también sepas más de mí de lo que ha sabido nunca nadie, pues en tantas horas juntos percibía tu claro deseo de preguntar, aunque mudo... A ti solo te corresponde conocer toda mi vida. ¿Quieres que te la cuente?

En mis miradas, consternadas y llenas de confusión, vio que lo deseaba.

–Acércate, entonces... ven a mi lado... Estas cosas no las puedo decir en voz alta.

Yo me incliné... con devoción, diría, sí: devoto. Sin embargo, en cuanto estuve sentado frente a él, expectante, todo oídos, él se levantó.

–No, así no puede ser... No puedes estar mirándome, porque entonces... entonces no podré hablar.

Y, de una vez, apagó la luz.

La oscuridad nos envolvió. Yo sentía que él estaba cerca, lo sentía por su respiración, dificultosa y jadeante en algún punto de lo invisible. Y, de pronto, fue como si una voz se erigiera entre ambos y me contara su vida entera.

Desde aquella noche en que el hombre más venerado por mí me abrió su destino como quien abre una concha durísima, desde aquella velada de hace cuarenta años, cuanto ha venido después se me ha antojado siempre un juego de niños inane, lo que nuestros escritores y poetas narran en sus libros considerándolo extraordinario y lo que hacen pasar por trágico las obras de los escenarios. ¿Se debe a la comodidad, cobardía o estrechez de miras que nunca recreen más que la superficie iluminada de la vida, el delgado borde donde los sentidos actúan abiertamente y de acuerdo con la norma, mientras que, en las profundidades, en las catacumbas, cuevas subterráneas y cloacas del corazón se revuelven entre fulgores azufrados las verdaderas bestias peligrosas de la pasión, fusionándose y despedazándose en toda suerte de fantasiosas formas de relación en lo oculto? ¿Acaso les asusta el aliento, ardiente y arrasador de los instintos demoníacos, el vapor de la sangre en llamas; les da miedo ensuciarse las manos, esas manos demasiado delicadas como para tocar las úlceras de la humanidad, o será que sus miradas, hechas a claridades menos deslumbrantes, no osan descender por esos escalones resbaladizos, escabrosos, impregnados de podredumbre? Sin embargo, no hay para quien conoce eso mayor placer que el que ofrece lo oculto, no hay conmoción más genuinamente poderosa que la provocada por el aliento frío del peligro, y no hay sufrimiento más sagrado que aquel que la vergüenza impide verbalizar.

En aquel momento, en cambio, un hombre se abría a mí en su plena desnudez, se desgarraba el pecho hasta lo más hondo en su ansia enloquecida por descubrir un corazón hecho pedazos, envenenado, quemado, purulento. Un indescriptible goce se liberaba a golpe de flagelo con aquella confesión, contenida durante años y años. Solo quien ha pasado toda la vida avergonzándose, escondiéndose y disimulando puede entregarse con tal euforia a la implacable dureza de una confesión semejante. Pedazo a pedazo se arrancaba del pecho su vida un hombre, y el jovencito que yo era tuvo ocasión de asomarse por primera vez a las inimaginables profundidades del abismo del sentimiento humano.

Al principio, la voz flotaba por la habitación, incorpórea, producto informe de la excitación, inseguro relato indirecto de acontecimientos secretos, y, sin embargo, precisamente aquel esfuerzo por contener la pasión permitía intuir la enorme fuerza que habría de adquirir, del mismo modo en que, en un marcado *ritardando* de una pieza musical se prepara el ritmo vertiginoso de compases posteriores y ya se percibe su furor en los nervios. Arrancadas de la tempestad interna comenzaron a brotar después las imágenes, como chispazos que poco a poco asentaron la luz. Primero vi a un muchacho tímido, introvertido, que no se atrevía a dirigir la palabra a ningún compañero, pero que siente una tremenda atracción física, pasión, por el más guapo de la escuela. Mas este lo rechaza de muy malos modos en un intento de acercamiento excesivamente tierno, y un segundo muchacho se burla de él con una palabra tan cruel como inequívoca, y lo peor de todo: ambos difunden la inclinación divergente del compañero. No tarda en formarse un unánime tribunal de castigo que somete a escarnio y excluye del colectivo al confuso muchacho como a un apestado. Marcado, pues, desde tan temprana edad, ir cada día a la escuela se convierte en un calvario, y el asco de sí mismo le amarga las noches. La inclinación que hasta entonces solo se le revelaba en sueños se le antoja una aberración y un vicio deshonroso.

La voz flaquea en su narración: por un instante, amaga con desvanecerse en la oscuridad. Pero un suspiro le devuelve las fuerzas, y de la sombría nebulosa emergen ahora nuevas imágenes, en tenebrosa y fantasmal sucesión. El muchacho estudia ahora en la universidad Berlín; por primera vez, la cara oscura de la metrópoli le permite hacer realidad el deseo reprimido durante tanto tiempo, pero esos encuentros fugacísimos en esquinas de callejones oscuros, a la sombra de puentes o estaciones de tren... ¡Cómo los contamina el asco, cómo los envenena el miedo, cuán pobres resultan en su desenfreno instantáneo y qué inquietantes son también por lo peligroso, pues a menudo desembocan en miserables extorsiones, y cada uno deja huella durante semanas, una sensación de frío viscoso como el rastro de un caracol! Senderos propios del infierno entre las sombras y la luz: mientras que, durante el día, entregado al trabajo, el cristalino elemento intelectual ilumina las horas del joven investigador, la caída de la tarde lo empuja a saciar su pasión en la inmundicia de los suburbios, con compañías de reputación dudosa, de esas que echan a correr en cuanto atisban el casco prusiano de algún guardia, en cervecerías de mala muerte donde solo muestran la confianza de abrir la puerta a quien sonríe de una forma muy determinada. Y cuesta una voluntad de hierro ocultar esta doble vida diaria con la máxima cautela, mantener bien velado este secreto de la Medusa ante los ojos ajenos, conservar durante el día la compostura y la seriedad de un docente universitario intachable, y luego, por las noches, recorrer el submundo de aventuras consumadas a la sombra de farolas mortecinas sin ser reconocido. Una y otra vez, se tortura intentando que el látigo del dominio de sí mismo devuelva al redil la pasión que insiste en desbocarse por otros derroteros, de nuevo lo arrastra la tentación de lo oscuro y peligroso. Diez, doce, quince años de lucha contra la invisible fuerza magnética de una inclinación incurable le destrozan los nervios y constituyen una única experiencia de tensión brutal. Goce del que no se goza, vergüenza asfixiante y, poco a poco, una mirada cada vez más oscura y ensimismada, fruto del miedo a la propia pasión.

Por fin, ya tarde, pasados los treinta años, un poderoso intento de reconducirse por el camino correcto. En casa de una pariente conoce a la que habrá de convertirse en su esposa, una joven que, atraída por lo misterioso de su naturaleza sin saber exactamente los motivos, le muestra un afecto sincero. Y, por primera vez, ese cuerpo atlético y comportamiento descarado como el de un muchacho consiguen engañar la pasión durante un corto tiempo. Una relación fugaz le lleva a vencer su resistencia a lo femenino, la supera por primera vez y, con la esperanza de que esta relación como manda la norma lo ayude a dominar su otra inclinación, la equivocada, impaciente por comprometerse, ahora que ha encontrado a qué agarrarse para resistir a su tendencia a lo peligroso, se casa enseguida –no sin antes confesarle todo abiertamente– con la jovencita. Cree entonces haber dejado bien cerrado el acceso a aquellas zonas inquietantes. Unas pocas semanas consigue vivir libre de preocupación, pero pronto se revela que la reciente atracción no surte efecto, pronto se impone de nuevo, indomable e innegable, su inclinación natural. Y, a partir de ese momento, desengañada además de incapaz de engañar a aquella otra pasión, la esposa es poco más que una tapadera para disimular de cara a la sociedad. Regresa, pues, a la vida al borde de lo legal y al oscuro inframundo de las aventuras arriesgadísimas.

Para especial tormento de su confusión emocional, le conceden un puesto de trabajo donde una inclinación como la suya constituye una maldición. Para el docente, que no tarda en llegar a catedrático de prestigio, el trato constante con jóvenes forma parte de sus obligaciones; constantemente, la tentación le pone delante, muy, muy cerca, nuevas flores de la juventud, efebos de un *gymnasion* que no se ve, pero que existe igualmente dentro del cuadriculado mundo prusiano. Y todos ellos –¡una nueva maldición, un nuevo riesgo!– quieren a su profesor, lo adoran sin reconocer el rostro de Eros tras la máscara que lleva, se sienten dichosos cuando en gesto jovial los roza con la mano –presa esta de un secreto temblor–, derrochan entusiasmo por quien, a su vez, lucha constantemente por dominarse estando entre ellos. ¡Qué suplicio de Tántalo, mantenerse firme ante una inclinación indomable, en una lucha interminable contra la propia debilidad! Y siempre, cada vez que siente que está a punto de caer en esa tentación, emprende la huida. Ahora se explicaban aquellas escapadas, aquellos raptos en que se me acercaba, desaparecía, pero luego volvía, que tanta confusión me habían generado; ahora veía yo el espantoso camino de aquella huida de sí mismo, una huida hacia el horror de los senderos torcidos y los abismos. En tales ocasiones viajaba siempre a alguna gran ciudad, donde hallaba aliados al margen de la norma, hombres de clase baja, encuentros con una juventud mancillada, prostituida, vil sustitución de la sagrada entrega de sus alumnos; y, no obstante, aquel asco, aquella ciénaga, aquella abominación, la ponzoña de aquellos desengaños eran necesarios para que luego, de vuelta a casa, en el círculo de estudiantes de confianza que se formaba a su alrededor, poder tener la certeza de ser dueño de sus pasiones. ¡Ay, qué tipo de encuentros me describió en su confesión, qué personajes fantasmagóricos y, sin embargo, terrenalmente apestosos! Pues aquel hombre de tan elevado intelecto para el que la belleza de las formas era algo consustancial y tan vital como el aire que respiraba, aquel virtuoso maestro de todos los sentimientos, también tenía que tratar con las últimas bajezas de este mundo en aquellos antros de perdición llenos de humo: conocía las desvergonzadas exigencias de los jovencitos que hacían la calle maquillados, las carantoñas de los perfumados auxiliares de peluquería, las risitas excitadas de los travestidos, con sus faldas de mujer, la tremenda codicia de los actores que alternaban por dinero, la tosca ternura con sabor a tabaco de mascar de los marineros... Conocía todas las formas retorcidas, atemorizadas, malogradas y fantasiosas en las que el sexo que no va por el buen camino se busca y se encuentra en los peores barrios de las ciudades. Por aquellos territorios resbaladizos había sufrido todas las humillaciones, la vergüenza y la violencia que cabe imaginar: varias veces había vuelto casa después de que le hubieran robado todo lo que tenía (era demasiado débil, demasiado noble como para pegarse con un mozo de cuadra); sin reloj, sin abrigo y, para colmo, teniendo que soportar las burlas por parte del compañero borracho de cierto hotel de mala muerte en las afueras de la ciudad. Unos chantajistas se le habían pegado a los talones y, durante meses, habían seguido todos sus pasos hasta la universidad, sentándose en primera fila en sus clases y mirando con una sonrisa diabólica al profesor que, conocido en toda su ciudad, temblaba cuando lo miraban guiñándole el ojo y no conseguía dar la clase sino a durísimas penas. Una vez –a mí se me paró el corazón cuando me confesó también esto–, una medianoche en Berlín, lo había detenido la policía en un bar de dudosa reputación junto con todo un grupo; con la prepotente sonrisita burlona típica del subalterno que tiene la excepcional ocasión de hacer valer su autoridad e imponerse a un intelectual, un corpulento guardia de mejillas coloradas había apuntado el nombre y la posición que el profesor le dio temblando y, al final, le hizo la merced de dejarlo en libertad por esa vez pero le indicó igualmente que, en adelante, el nombre quedaba recogido en cierta lista. Y, del mismo modo en que a quien pasa demasiado tiempo en cuartos sucios se le acaba pegando el mal olor a la ropa, poco a poco también en aquella pequeña ciudad universitaria debían de haberse extendido los rumores, empezando en cualquier punto ilocalizable, pues exactamente igual que, en tiempos, en su clase del colegio le hacían el vacío, en el círculo de compañeros de la facultad se fueron enfriando más y más el saludo y el trato hasta que el profesor, siempre solo, quedó aislado de todos por ese muro de cristal que se alza ante el que es diferente. Y, a pesar de la vida retirada que llevaba, en su propia casa, cerrada con siete llaves, se sentía vigilado y expuesto a todas horas.

Jamás le había sido dada a aquel corazón torturado y atemorizado la gracia de un amigo verdadero, de un alma noble, de alguien que correspondiera a su arrolladora ternura masculina de forma digna: siempre tenía que dividir sus sentimientos entre lo bajo y lo elevado, entre el trato delicado y lleno de anhelo con los jóvenes intelectuales de la universidad y aquellos otros compañeros de nocturnidad de quienes por la mañana, espeluznado, no quería acordarse. Jamás se había permitido el que casi era anciano la experiencia de un afecto sincero, el afecto de un joven sensible, y, quemado por los desengaños, con los nervios destrozados de aquella lucha por continuar por una espesura llena de espinas, ya se creía acabado y estaba resignado a que así fuera... cuando había aparecido en su vida un joven, y se le había acercado lleno de pasión, a él, a un hombre ya casi viejo, y con su palabra, su naturaleza entusiasta se le había entregado, insuflando así su propio ardor a quien ya no esperaba verse arrollado así y que estaba aterrado ante un milagro con el que ya ni soñaba, pues ya no se sentía digno de un regalo tan puro y tan espontáneo. Una vez más había llegado a su vida un mensajero de la juventud, de bella figura y talante apasionado, que moría por él en el fuego de la afinidad intelectual, le mostraba su más tierno afecto en el vínculo de la amistad, ansiaba su cariño sin consciencia alguna del peligro que corría. La llama de Eros en el alma de quien nada sospechaba, audaz e ignorante como Perceval, tan alocado como para inclinarse en demasía sobre la herida envenenada, desconocedor de su maleficio y de que, al mismo tiempo, su propia llegada habría de traer la salvación al rey enfermo... Así había llegado a su lado el joven, tras esperarlo una vida entera..., pero ya era tarde: eran las últimas horas del crepúsculo.

Y con la descripción de esta persona se elevó también la voz en medio de la oscuridad. Una luz especial pareció insuflarle fuerza a la boca, ahora plena dueña del lenguaje, la empatía de una ternura profunda lo convirtió en música al hablar de aquel joven, aquel amor tardío. Yo temblaba con él de excitación y de gozo, pero, de repente... sentí como un mazazo en el corazón. Pues el joven ardiente del que hablaba mi profesor... era... sin duda... La vergüenza llenó de rubor mis mejillas... ¡Era yo mismo! Me vi como si saliera de un espejo en llamas, envuelto en el resplandor de aquel amor insospechado, tan fuerte como para quemarme todo. Sí, en efecto, era yo... cada vez reconocía mejor mis rasgos: mi insistencia, mi entusiasmo, mi fanático empeño por estar cerca de él, el anhelo de un éxtasis al que no le bastaba lo intelectual; me reconocía en aquel joven necio, alocado, que, desconocedor de su poder, había vuelto a encender en su alma introvertida aquella llama del Eros que el cansancio vital tenía consumida. Perplejo, ahora me daba cuenta de lo que había significado para él aquel joven tímido cuyo fervor desatado adoraba el anciano profesor como la sorpresa más sagrada... Y, al mismo tiempo, me estremecí al tomar conciencia de la tremenda fuerza de voluntad que había tenido que ejercer para contrarrestar su impulso, pues precisamente de mí, de su platónico amado, no podía recibir rechazo ni burla alguna, ni experimentar el horror de propasarse físicamente, no quería dejar esta última gracia de un destino siempre adverso a merced de los sentidos y su coqueteo con el placer de la carne. Por eso siempre había rechazado mis muestras de afecto con tanta brusquedad, por eso reaccionaba a mis arrebatos con aquellos jarros de agua fría de sus comentarios irónicos, afilaba hasta lo hiriente lo que un amigo diría con suavidad y cariño, por eso se ataba las manos que anhelaban la caricia... Solo por mí se había visto obligado a aquel trato tan brusco que me había partido el alma durante semanas pero que tenía por objeto contener mi fuego y mantenerlo a salvo a él. Con espantosa claridad comprendí entonces la confusión de aquella noche en la que, como un sonámbulo poseído por los sentimientos desbordados, había subido hasta mi buhardilla para lanzarme aquellas palabras atroces que, sin embargo, lo salvaban y salvaban nuestra amistad. Y, conmocionado, estremecido, excitado como con fiebre, muriendo de compasión comprendí cuánto había sufrido por mi culpa y cuán heroicamente se había dominado por mí.

Aquella voz en la oscuridad, aquella voz en la oscuridad... ¡Cómo la sentí! ¡Cómo penetró hasta lo más profundo de mi pecho! Había en ella un tono que nunca había percibido antes, como tampoco habría de percibirlo después nunca, un tono que brotaba de unas profundidades que los destinos mediocres ni siquiera intuyen. Así solo le hablaba una persona a otra una vez en la vida para luego callar para siempre, del mismo modo en que la leyenda del cisne cuenta que tan solo eleva su áspera voz para cantar una vez, cuando va a morir. Y yo recibí en mi interior aquella voz que brotaba ardiente, aquella voz como un ascua penetrante, estremecedora y dolorosa, como una mujer recibe al hombre...

Y, de pronto, la voz guardó silencio y tan solo quedó entre nosotros la oscuridad. Yo notaba que lo tenía cerca. Me bastaba con levantar la mano, con solo estirarla lo rozaría. Y me moría por brindarle consuelo al que tanto sufría.

Pero entonces fue él quien hizo un movimiento. De un chispazo se encendió una luz. Una silueta cansina, vieja, atormentada, se levantó a duras penas de la butaca... Hacia mí avanzó un anciano exhausto.

–Adiós, Roland... No medie una palabra más entre nosotros. Has hecho bien en venir... y es por el bien de ambos que te marches... Te deseo lo mejor... y... deja que... Déjame darte un beso de despedida.

Como arrastrado por una fuerza mágica, fui a su encuentro con paso vacilante. La llama de su mirada, casi siempre mortecina y como velada por un humo revuelto, brilló y creció entonces con toda su fuerza. Me atrajo hacia sí, sus labios se apretaron contra los míos con ansia; con arrebato, acto reflejo irrefrenable, estrechó mi cuerpo contra el suyo.

Fue un beso como jamás he recibido ninguno de una mujer, un beso desaforado a la desesperada como un grito de muerte. La convulsión temblorosa de su cuerpo recorrió también el mío. Me estremecí, doblemente cautivo de una sensación tan extraña como terrible: entregado con toda el alma y, a la vez, profundamente espantado por la asqueada resistencia al roce con el cuerpo de un hombre; una perturbadora confusión de sentimientos que dilató aquel instante robado y eliminó la noción del tiempo.

Entonces me soltó –muy brusco, como si de golpe desgarrase un cuerpo en dos–, se apartó con harto esfuerzo y se dejó caer en la butaca, dándome la espalda; y permaneció así varios minutos, apoyado en el respaldo absolutamente quieto, con la mirada perdida. Sin embargo, empezó a pesarle la cabeza cada vez más, primero se inclinó hacia adelante, cansado y afligido, pero luego, como un peso muerto que, tras amagar con caer durante mucho rato, al final lo hace a plomo, la frente inclinada fue a dar contra el escritorio con un fuerte golpe seco.

Se adueñó de mí una compasión infinita. Automáticamente me acerqué. Pero entonces, aquella espalda desmadejada se irguió de nuevo y, dándose la vuelta, sin resuello, me advirtió:

–¡Quita! ¡Aparta...! ¡No...! ¡No te acerques! ¡Por Dios...! ¡Y por nosotros... por ambos! ¡Márchate! ¡Ahora! ¡Márchate!

Comprendí. Y, estremecido, di un paso atrás: como un fugitivo, salí corriendo de aquel lugar tan especial para mí.

Jamás he vuelto a verlo. Jamás he recibido ninguna carta ni ningún mensaje de él. Su obra no ha visto la luz jamás; su nombre se ha olvidado; nadie salvo yo sabe de su existencia. No obstante, hoy todavía siento lo mismo que antaño aquel muchacho ofuscado: antes de él, a mi padre y mi madre; después de él, a mi esposa y mis hijos; a nadie le debo más. Por nadie he sentido más amor.

La colección invisible

Un episodio de la inflación alemana

Dos paradas después de Dresde subió a nuestro coche del tren un caballero de edad respetable, saludó con educación y luego, levantando la vista, me dedicó una mirada directa, como quien saluda a un viejo conocido. En un primer momento, no acerté a acordarme de quién era; eso sí, en cuanto me dijo su nombre con una leve sonrisa, lo recordé de inmediato: era uno de los anticuarios más reputados de Berlín, y, en tiempos de paz, yo había estado muchas veces en su tienda mirando y comprando libros y manuscritos antiguos. De pronto dijo sin previo aviso:

–No puedo resistirme a contarle de dónde vengo. Porque este episodio es lo más extraordinario que le ha sucedido a este viejo comerciante de arte en sus treinta y siete años en la profesión. Bien sabe usted mismo cómo está ahora mismo el sector, desde que el valor del dinero se volatiliza como el gas: a los nuevos ricos de pronto se les ha despertado el amor por las *madonnas* góticas y los incunables y los grabados antiguos y los cuadros; no da uno abasto a conseguírselos donde sea menester, es más, casi hay que luchar para que no se le lleven a uno hasta las últimas existencias. Si por ellos fuera, nos comprarían hasta los gemelos de la camisa y la lámpara del escritorio. Cada vez resulta más difícil conseguir mercancía nueva a este ritmo... Disculpe si, de pronto, califico de simple mercancía esos objetos por los que suelo sentir devoción, pero esta patulea me ha creado a mí mismo el hábito de no ver un maravilloso incunable veneciano sino como el envoltorio de equis cantidad de dólares, y un dibujo de la mano del propio Guercino como la encarnación de unos billetes de cien francos. No hay resistencia que valga ante el empecinamiento incansable de estos compradores compulsivos recién salidos de la nada. El caso es que, una vez más, habían arramplado de un día para otro con cuanto tenía en la casa con algo de valor, y yo me moría de ganas de echar el cierre de la profunda vergüenza que me inspiraba ver que allí, en nuestra tienda de toda la vida, la que ya mi padre heredara de mi abuelo, no quedaban más que cuatro baratijas birriosas que, en otra época, un chamarilero del norte ni siquiera habría echado al carro.

En este apuro se me ocurrió echar un vistazo a nuestros viejos libros de cuentas para localizar a antiguos clientes y convencerlos de revenderme algunas copias. Estas listas siempre son como un campo de batalla, sobre todo en estos tiempos, y lo cierto es que no me sirvió de mucho: la mayoría de nuestros compradores habían tenido que deshacerse de sus posesiones en subastas hacía mucho, o se habían muerto, y de los pocos que quedaban no cabía esperar gran cosa. Pero hete aquí que me topé con todo un fajo de cartas de quien posiblemente fuera nuestro cliente más antiguo y de quien yo no me había acordado por la única razón de que, desde que estallara la guerra en 1914, no había vuelto a contactar con nosotros para encargar ni preguntar nada. La correspondencia se remontaba... ¡Le aseguro que no exagero!... a casi sesenta años atrás; ya les compraba a mi padre y a mi abuelo, aunque yo no conseguí recordar haberlo visto poner el pie en nuestra tienda en los treinta y siete años de mi propia actividad. Todo apuntaba a que debía ser un hombre muy especial, un tanto excéntrico y como de otro siglo, de esos alemanes prototípicos que encontramos en los cuadros de Menzel o de Spitzweg y que, en nuestro presente, aún se conservan en pequeñas ciudades de provincias como raros y curiosos ejemplares sueltos. Sus cartas eran verdaderas muestras de caligrafía, todo pulcramente anotado, las cantidades subrayadas con regla y en tinta roja, y además siempre repetía la cifra dos veces para evitar cualquier error. Esto, unido a que el papel siempre eran las hojas en blanco de los libros, arrancadas, y los sobres, de los que dan en los bancos para guardar el dinero, hacía pensar en un insalvable provinciano tiquismiquis y con una furiosa obsesión por el ahorro. Más allá de su nombre, en la firma de estos peculiares documentos siempre recogía el farragoso título de «Consejero forestal y comercial en excedencia, condecorado con la Cruz de Hierro de 1ª clase». Siendo, pues, veterano de la promoción de 1870, en caso de seguir con vida tendría sus ochenta años bien cumplidos. Con todo y con eso, aquel estrambótico y ridículo ahorrador máximo resultó ser un coleccionista de grabados antiguos de una inteligencia extraordinaria, soberbios conocimientos de arte y gusto exquisito; por lo que fui deduciendo poco a poco de los encargos que nos había hecho a lo largo de casi sesenta años, el primero de los cuales todavía indicaba el abono en monedas de plata, me di cuenta de que aquel caballero de la pequeña provincia, en los tiempos en que todavía podía adquirirse un paquete entero de xilografías alemanas de las más bellas por un tálero, tenía que haber reunido –así, por lo bajito– una colección de grabados que, al lado de las ruidosamente compuestas ahora por nuevos ricos, destacaría por su categoría excelsa. Solo lo que nos había abonado a nosotros a base de pequeños pagos de marcos y pfennigs en un intervalo de más de medio siglo constituía, hoy, un valor asombroso, pero, además, era de esperar que, si había comprado en subastas o a otros anticuarios, también habría regateado con sumo acierto. Por otra parte, llevaba sin encargarnos nada desde 1914, pero estando yo siempre al corriente de todos los movimientos del mercado del arte, era imposible que me hubiera pasado inadvertida bien la subasta o bien la venta cerrada de semejante colección, lo cual debía significar que nuestro peculiar coleccionista estaba vivo o que, de no ser así, su colección se encontraba en manos de sus herederos.

El asunto me interesaba, así que, al mismo día siguiente, es decir: ayer por la tarde, me fui directo para allá, es decir: a una de esas ciudades de provincias absolutamente imposibles que hay en Sajonia; y en tanto que recorría la calle principal desde la pequeña estación me parecía casi imposible que, en semejante lugar, en alguno de aquellos edificios como tartas de merengue sin gusto y llenos de baratijas pequeñoburguesas, en alguno de aquellos saloncitos pudiera vivir alguien que tuviera en su haber los más magníficos dibujos de Rembrandt, así como la colección completa e intacta de grabados de Durero y Mantegna. Para mi sorpresa, al preguntar en la oficina de Correos si residía allí un consejero forestal o comercial con el nombre en cuestión, me enteré de que sí, el anciano caballero seguía con vida, con lo cual –y he de reconocer que con el corazón palpitante, y mucho–, antes del mediodía me dirigí hacia su casa.

No me fue difícil encontrarla. Estaba en el segundo piso de uno de esos edificios provincianos construidos por el típico arquitecto de segunda en los años sesenta, a toda prisa y escatimando en los materiales. En la primera planta vivía un respetable sastre; en la segunda, a la izquierda brillaba la placa dorada de un director de oficina postal, a la derecha, por fin, el rotulito de porcelana con el nombre del consejero forestal y comercial. Al instante de llamar tímidamente al timbre, abrió una mujer muy mayor, con el cabello blanco y una pulcra cofia negra. Yo le entregué mi tarjeta y pregunté si el consejero podía recibirme. Sorprendida y con cierta desconfianza, me miró primero a mí y después la tarjeta. En aquella pequeña ciudad del último rincón del mundo y en aquella vetusta casa se antojaba todo un acontecimiento cualquier visita de alguien de fuera. No obstante, me pidió con mucha cortesía que esperase, tomó la tarjeta y entró en una habitación; oí su suave murmullo y, a continuación, una sonora y ronca voz masculina:

–¡Ah, el señor R... de Berlín, de la gran casa de antigüedades! ¡Que pase, faltaría más, que pase! ¡Qué ilusión!

Y, acto seguido, la anciana regresó a prestos pasitos adonde yo estaba para hacerme pasar.

Me quité abrigo y sombrero y entré. En el centro de un cuarto modesto, de pie, me recibió un caballero de edad avanzada, pero todavía fuerte, con poblado mostacho y un batín con cinturón, como de estilo militar, tendiéndome ambas manos con gesto cordial. El caso es que aquel gesto abierto, de saludo espontáneo y con inequívoca alegría, se contradecía con la peculiar rigidez de su postura. No dio un solo paso hacia mí, sino que fui yo –un tanto extrañado– quien tuvo que acercarse hasta él para darle la mano. Y, cuando fui a estrechársela, por la posición de aquellas manos: en horizontal, casi inmóviles, me di cuenta de que no buscaban las mías, sino que las esperaban. Entonces lo entendí todo: aquel hombre era ciego.

Desde mi infancia, siempre me había resultado incómodo estar frente a una persona ciega, nunca lograba evitar cierta vergüenza y apuro al sentirla plenamente viva, pero sabiendo que no me percibía de la misma forma que yo a ella. También en esta ocasión hube de sobreponerme a un primer susto al ver aquellos ojos fijos en el vacío bajo unas cejas pobladas como penachos blancos. Aunque el ciego no me dejó mucho tiempo para la extrañeza, pues en cuanto mi mano rozó la suya, me la apretó con gran fuerza y me reiteró el saludo con las campechanas maneras que lo caracterizaban, impetuosas a la par que un tanto bruscas.

–Una visita rara –me dijo con una amplia sonrisa–, un auténtico prodigio que uno de los grandes caballeros de Berlín venga a parar a este rincón perdido nuestro... Ahora bien, sé que eso significa andarse con cuidado, pues cuando uno de esos señores marchantes se sube al tren... Aquí siempre decimos: «Cuando vienen los gitanos, puertas y bolsos bien cerrados». En fin, ya me imagino por qué viene a verme... Los negocios andan mal en estos tiempos en nuestra pobre Alemania, tan venida a menos, ya no quedan compradores, y ahí los grandes señores de pronto se acuerdan de sus viejos clientes y tratan de reunir las ovejitas de su rebaño... Solo que me te temo que conmigo no va a tener suerte; los ancianos jubilados, pobres de nosotros, nos damos con un canto en los dientes con que no nos falte un pedazo de pan en la mesa. No nos llega la pensión con los precios desorbitados que pedís ahora... por mi parte, he renunciado a todo.

Me apresuré a explicarle que me había malinterpretado, que no estaba allí para venderle nada, sino que daba la casualidad de que me encontraba por la zona y no había querido desaprovechar la ocasión de pasar a visitar a un cliente de toda la vida, además de uno de los mayores coleccionistas de Alemania. Apenas había terminado yo de pronunciar lo de «uno de los mayores coleccionistas de Alemania», cuando el rostro del anciano experimentó una particular transformación. Seguía de pie en medio del cuarto, rígido, pero ahí adquirió una expresión de repentina luminosidad y orgullo íntimo, se volvió en la dirección donde suponía estaba su esposa, como si quisiera decir «para que veas», y, con una voz henchida de gozo, sin un ápice ya del tono adusto y militar con el que había hablado hasta entonces, más bien con suavidad, casi con ternura, se dirigió hacia mí:

–Bueno, eso es muy, muy amable de su parte... Pero entonces tampoco está bien que haya venido en vano. Tiene que ver algo que no pueda ver todos los días, ni siquiera en su fastuoso Berlín... unas cuantas piezas que nada tienen que envidiar a las de la Albertina o las de ese maldito París de los demonios. Bueno, cuando se es coleccionista durante sesenta años, se acaban reuniendo toda suerte de cosas de las que no se encuentran por la calle, como quien dice. Luise, tráeme la llave del armario.

Entonces sucedió algo inesperado. La ancianita, que también seguía allí de pie junto a él, asistiendo a nuestra conversación con una amable sonrisa y sin decir nada, de pronto levantó las dos manos para hacerme un gesto de súplica al tiempo que meneaba la cabeza para indicar una negativa rotunda, señas que de entrada no comprendí. A continuación, ya se acercó a su esposo y le puso las manos sobre los hombros:

–Pero Herwath –objetó–, ni siquiera le has preguntado al caballero si tiene tiempo para contemplar la colección, y falta poco para el mediodía. Y después de comer sabes que tienes que guardar reposo una hora, el médico siempre insiste en ello. ¿No es mejor que le muestres todo al caballero después de comer, y así luego tomamos el café todos juntos? Entonces también habrá venido Annemarie, que entiende mucho más de todo y te podrá ayudar.

Y, de nuevo, en cuanto hubo pronunciado estas palabras, repitió el mismo gesto suplicante ante quien seguía sin saber el por qué. Aunque esta vez lo entendí. Entendí que me pedía que rechazase ver la colección en ese mismo momento, así que me inventé una cita para comer. Sin lugar a duda, sería para mí un placer y un honor contemplar su colección, pero no me era posible antes de las tres de la tarde, si bien podía volver entonces muy gustoso.

Enfurruñado como un niño al que le quitan su juguete preferido, el anciano se dio media vuelta.

–Claro, claro –gruñó–, los señores berlineses nunca tienen tiempo para nada. Pues esta vez se lo tendrá que tomar, porque no son cuatro o cinco piezas, que son veintisiete carpetas, cada una de un maestro, y ninguna está solo medio llena. A las tres, entonces; pero sea puntual, o no terminaremos.

De nuevo, me tendió la mano alargándola hacia el vacío.

–Ya verá, y tendrá ocasión de recrearse... o hasta de sentir cierta rabia. Y es que así somos los coleccionistas: lo queremos todo para nosotros y no dejar nada para los demás.

Y, como antes, me estrechó la mano con fuerza.

La ancianita me acompañó a la puerta. Yo la había notado incómoda todo el tiempo, le había notado una expresión como de embarazo temeroso. Entonces, ya a punto de salir, con la voz sumamente ahogada alcanzó a balbucear:

–¿Podría usted... podría usted... pasar a recoger a mi hija Annemarie antes de regresar a esta casa? Es que es mejor por... por varios motivos. ¿Comerá usted en el hotel, imagino?

–Por supuesto, encantado, será un placer –respondí.

Y, en efecto, al cabo de una hora, cuando hube terminado de comer en la pequeña cantina del hotel de la plaza del mercado, entró una muchacha ya no tan joven, vestida con sencillez, y recorrió el lugar con la mirada. Me acerqué a ella, me presenté y dije que ya estaba listo para acompañarla e ir a ver esa colección. Ella, sin embargo, sonrojándose de golpe y con el mismo apuro embrollado que ya mostrara su madre me rogó tener antes unas palabras conmigo. De inmediato, me di cuenta de que le resultaba difícil. Cada vez que hacía el esfuerzo de sobreponerse para arrancar a hablar, un rubor tembloroso y angustiado le inflamaba hasta la frente, y la mano se le enredaba en el vestido. Por fin, tartamudeando y azorándose una y otra vez, comenzó:

–Mi madre me ha mandado venir a verle... Me lo ha contado todo y... tenemos que hacerle un ruego muy grande... Es que queremos que sepa, antes de reunirse con mi padre... Pues mi padre, naturalmente, desea mostrarle su colección, y la colección... lo que pasa es que la colección... ya no está completa del todo... faltan una serie de piezas... por desgracia, faltan bastantes.

De nuevo, necesitó tomar aliento, porque a continuación me miró y dijo apresuradamente:

–Tengo que hablarle con sinceridad... Usted conoce los tiempos en que vivimos, lo comprenderá todo... Tras estallar la guerra, padre se quedó completamente ciego. Ya antes sufría un trastorno de la vista, pero la excitación de entonces le privó de toda luz... Él aún quería ir a Francia a toda costa, a pesar de sus setenta y seis años, y al saber que el ejército no conseguía avanzar como en 1870, se puso terriblemente nervioso, con lo cual su problema de la vista empeoró de manera fulminante. Por lo demás, está como un roble, hasta hace poco no le costaba caminar durante horas, incluso ir de caza, que le encanta. Pero ahora ha dejado los paseos, así que la única alegría que le queda es su colección, la contempla a diario... es decir, claro, él ya no la ve, pero cada tarde saca todas sus carpetas, una por una, siempre en el mismo orden que tiene memorizado desde hace décadas... Es lo único que le interesa ya, y siempre me pide que le lea las noticias de las subastas en el periódico, y cuanto más altos son los precios que oye, más contento se pone... porque... eso es lo terrible, mi padre ya no se hace idea de los precios ni de las circunstancias actuales... No sabe que lo hemos perdido todo y que de su pensión no podemos vivir ni dos días del mes... A eso se le añade que el marido de mi hermana murió en la guerra, dejándola sola con cuatro criaturas pequeñas... Pero mi padre no sabe nada de todas estas penurias nuestras. Primero ahorramos, ahorramos más que antes, pero no servía de nada. Luego empezamos a vender... por supuesto, sin tocar su amada colección... Vendimos las poquitas joyas que teníamos, pero ¡por Dios!, si es que eso no era nada, pues mi padre había destinado cada pfennig que le sobraba única y exclusivamente a sus grabados durante sesenta años. Un buen día no nos quedaba nada... no sabíamos qué hacer... así que... pues... madre y yo vendimos uno. Padre no nos hubiera dado permiso en la vida, puesto que no sabe lo mal que nos va, ni se imagina lo difícil que es el trapicheo para conseguir nuestros escasos alimentos, tampoco sabe que perdimos la guerra y que Alsacia y Lorena se cedieron a Francia, esas cosas ya no se las leemos del periódico, para que no se exalte.

»Lo que vendimos era una pieza muy valiosa, un grabado de Rembrandt. El marchante nos ofreció muchos miles de marcos por ella, y nos quedamos con la esperanza de tener cubiertos varios años. Pero ya sabe usted cómo se va el dinero... Habíamos depositado en el banco lo que nos había quedado, pero al cabo de dos meses se había gastado todo. Y así tuvimos que vender otro grabado y luego otro, y el marchante siempre se demoraba tanto en enviarnos el dinero que, para cuando llegaba, ya se había devaluado. Luego lo intentamos en las casas de subastas, pero también ahí nos engañaron a pesar de los precios millonarios... En lo que tardaban en llegarnos los millones, ya se habían tornado papel sin ningún valor. Y así fue cómo ha ido esfumándose lo mejor de su colección, excepto unas cuantas piezas buenas, con el único fin de paliar esta cruda vida de estrecheces, y padre no sabe absolutamente nada.

»Por eso se asustó tanto mi madre esta mañana al verlo a usted; pues, en cuanto mi padre le abra sus carpetas, saldrá todo a la luz... Porque lo que hemos hecho es colocar réplicas o papeles similares a lo que hemos vendido en los paspartús auténticos, que conoce al tacto, para que no se dé cuenta. Y él, con tal de poder palpar y contar sus piezas (se sabe el orden exacto de memoria), siente el mismo regocijo que antes, cuando podía verlas con los ojos abiertos. Por otra parte, en esta ciudad tan pequeña tampoco hay nadie a quien mi padre considerase digno de mostrarle sus tesoros... y siente tal devoción por todas y cada una de esas piezas que creo que se le rompería el corazón si se enterase de que todo cuanto tiene entre las manos en realidad hace mucho que desapareció. Usted es el primero en todos estos años, desde que murió el que fuera presidente del Gabinete de Grabados de Dresde, al que se plantea mostrarle sus carpetas. Por eso le ruego...

Y, de pronto, la muchacha que ya no era tan joven levantó las manos, y se le humedecieron los ojos.

–Le rogamos que no le haga sufrir... No nos haga sufrir... No destruya la última ilusión que le queda, ayúdenos a que siga creyendo que todos esos grabados que le describirá uno por uno todavía existen... No sobreviviría al disgusto, si tan solo sospechara que pasa algo. Es posible que no nos hayamos portado bien con él, pero no tuvimos más remedio: había que vivir... y las vidas de la gente, las de cuatro huérfanos, como los de mi hermana, no dejan de ser más importantes que unos papeles... Hasta hoy tampoco le hemos quitado nada de lo que ama; él es feliz de pasar todas las tardes hojeando sus carpetas durante tres horas, de charlar con cada grabado como con una persona. Y hoy... hoy podría ser su día más feliz, con la de años que lleva esperando poder mostrarle sus adoradas maravillas a un entendido; por favor... se lo suplico con las manos en alto, no destruya usted esa ilusión.

Me dijo todo aquello de una forma tan estremecedora que mi relato no alcanza a reproducirla. Dios mío, como marchante, he visto a muchas de esas personas vilmente estafadas, que se han quedado sin nada en los tejemanejes de la inflación, que han malvendido valiosísimos bienes familiares centenarios por un bocadillo... en este caso, sin embargo, el Destino había dado lugar a algo que me conmovía sobremanera. Como no podía ser de otra manera, prometí callar y hacer mi papel lo mejor que supiera.

Fuimos juntos a casa del coleccionista, y por el camino aún me enteré, para mi profunda amargura, de las irrisorias cantidades con las que habían engañado a aquellas dos pobres mujeres ignorantes, lo cual no hizo sino reforzar mi decisión de ayudarles hasta el final. Subimos las escaleras y, en cuanto tocamos la campanilla de la puerta, ya oímos desde el interior de su cuarto el entusiasmado vozarrón del anciano: «¡Adelante, adelante!». Con la agudeza de oído que caracteriza a los ciegos, sin duda oyó nuestros pasos mientras llegábamos.

–Hoy Herwath no ha podido ni dormir de impaciencia por mostrarle sus tesoros –dijo la ancianita sonriendo.

–Bueno, pues empecemos de inmediato... hay mucho por ver, y los señores de Berlín nunca tienen tiempo de nada. La primera carpeta corresponde al maestro Durero, y usted mismo se convencerá de que está bastante completa... aparte de que cada ejemplar es más bello que el anterior. En fin, usted mismo juzgará, mire, mire... –abrió la primera página de la carpeta–: *El gran caballo*.

Y, con la extrema delicadeza con que se toca algo muy frágil, sin apretarlo apenas entre las yemas de los dedos, sacó de la carpeta un paspartú que enmarcaba una hoja amarillenta, en blanco, y, entusiasmado, se quedó con aquel papelujo sin valor en alto. Lo contempló durante minutos, sin verlo en realidad, pero manteniendo el papel en blanco a la altura de los ojos, con gesto extático, con la mano estirada; su rostro entero presa de la tensión mágica de quien contempla una maravilla. Y en sus ojos, aquellos ojos vacíos de pupilas muertas, de pronto –¿sería el reflejo del papel o acaso un brillo interior? – brotó una claridad de espejo, una luz sabia.

–¿Qué me dice? –me preguntó con orgullo–, acaso ha visto una estampa más hermosa? ¡Qué nitidez! Fíjese lo bien que se perciben todos los detalles... comparé la estampa con el ejemplar de Dresde y lo encontré de lo más plano y falto de finura. ¡Y qué pedigrí! Mire –y dio la vuelta a la hoja para señalarme con la uña ciertos puntos, de tal modo que sin querer me fijé esperando ver allí los símbolos–, aquí tiene el sello de la Colección de Nagler, aquí el de Remy y Esdaile... ¡Quién les iba a decir a tan ilustres coleccionistas que, después de tenerlo ellos, su grabado vendría a parar a este pequeño salón!

A mí me daba escalofríos que aquel anciano, ignorante de la realidad, ensalzara de tal forma un papel completamente en blanco, y era fantasmagórico verlo señalar con precisión milimétrica los sitios donde –ya solo en su imaginación– estaban los símbolos de los anteriores coleccionistas. El estupor me hizo un nudo en la garganta, no supe qué responder; sin embargo, al levantar la mirada hacia los dos ancianos, volví a encontrarme con el gesto de las manos en alto de la mujer, temblorosa y angustiada. Entonces, me repuse y comencé a representar mi papel.

–¡Extraordinario! –conseguí articular por fin, a duras penas–. Una estampa magnífica.

Al instante, se le iluminó el rostro de orgullo.

–Pues eso no es nada todavía –prosiguió en tono triunfal–, ya verá cuando lleguemos a *Melancolía* o a *La*

Pasión, un ejemplar con una iluminación de una calidad como no hay otra. Mire, mire... –de nuevo, sus dedos acariciaron muy suavemente una reproducción imaginaria–, mire qué frescura, qué tono tan cálido, con ese grano tan especial... En Berlín harían el pino todos esos señores, grandes marchantes y doctores de los museos.

Y así continuó su embriagado discurso y despliegue de maravillas, dos horas de reloj. No, no soy capaz de describirle lo siniestro que fue contemplar con él aquellos cien o doscientos pedazos de papel en blanco o con reproducciones miserables que, no obstante, en la memoria de aquel anciano trágicamente desconocedor de la realidad eran tan extraordinariamente reales que, sin equivocarse una sola vez y en orden perfecto, fue capaz de ensalzar y describirme hasta el más mínimo detalle de todos y cada uno de ellos: la colección invisible, la que por entonces ya se habría dispersado a los cuatro vientos, seguía intacta para aquel hombre ciego, engañado de aquella manera tan conmovedora, y la pasión de sus visiones era tan arrolladora que a mí mismo me faltó poco para empezar a creer en ella también. Tan solo una vez interrumpió la certeza sonámbula de su extasiada contemplación un estremecedor momento de peligro de que se despertara: fue con la *Antíope* de Rembrandt (una impresión de prueba que, en efecto, debió de haber tenido un valor incalculable), pues mientras elogiaba de nuevo la precisión del grabado, su dedo nervioso y clarividente quiso recorrer la línea sobre el papel, pero su desarrolladísimo sentido del tacto no encontró el surco esperado en la hoja falsa. Entonces, se le ensombreció la frente, se le embrolló la voz.

–Pero esto es... estamos viendo *Antíope*, ¿no? –murmuró, un tanto apurado, ante lo cual supe reaccionar quitándole el paspartú con el papel de las manos y describiendo el aguafuerte que también yo recordaba bien con todo el detalle posible.

Gracias a eso volvió a relajarse el rostro contrariado del anciano. Y, cuanto más elogiaba yo la obra, más florecía en aquel hombre marchito y sarmentoso una jovial cordialidad, una alegría ingenua y entrañable.

–¡Vaya, qué gran entendido! –celebró, volviéndose hacia su familia–. ¡Por fin! Por fin viene alguien a quien también oís decir lo que vale mi colección. Vosotras, que siempre desconfiabais y me regañabais por gastarme todo mi dinero en grabados: cierto es que, en sesenta años, no me he concedido ni una cerveza, ni un vino, ni tabaco, ni viajes, ni teatros, ni libros, no hice más que ahorrar y ahorrar para esa colección. Pero ya veréis, un buen día, cuando yo falte, seréis ricas, más ricas que nadie en toda esta ciudad, y tan ricas como los más ricos de Dresde, ahí os alegraréis de esta locura mía. Eso sí, mientras yo viva, de esta casa no sale una sola hoja de papel... primero tendrán que sacarme a mí, con los pies por delante, y ya luego mi colección.

Y, en tanto que hablaba, su mano acariciaba las carpetas, vacías hacía mucho, como quien acaricia a un ser vivo... a mí me resultó espantoso y, al mismo tiempo, conmovedor, pues en todos los años de guerra no había visto una expresión de felicidad tan plena, tan pura, en ningún rostro alemán. Junto a él, de pie, permanecían las dos mujeres, con un misterioso parecido a las figuras femeninas de ese aguafuerte del maestro alemán que, al ir a visitar el sepulcro del Salvador y encontrarlo abierto y vacío, se quedan con una expresión de temor y, a la vez, de crédulo y embelesado éxtasis. Como las discípulas del cuadro, que resplandecían de alegría infantil ante la idea de que su Señor estaba en el Cielo, aquellas dos pobres mujeres de la pequeña burguesía, ya entradas en años y consumidas por el pesar, medio riendo y medio llorando, ofrecían la imagen más estremecedora con la que me encontrado nunca. Y él no se cansaba de escuchar mis elogios, no paraba de amontonar y volver las carpetas, bebiendo cada palabra con avidez; así que fue un alivio para mí cuando, por fin, retiró todos aquellos mendaces cartapacios pues, a su pesar, tuvo que despejar la mesa para que sirvieran el café. Ahora bien, ¿qué efecto podía tener aquel culpable respiro de alivio por mi parte frente a la euforia y el orgulloso alarde de aquel hombre que parecía haber rejuvenecido treinta años? Se puso a contarme mil anécdotas de sus adquisiciones y grandes compras, levantándose a tientas una y otra vez sin consentir que lo ayudasen a sacarme otro grabado más... estaba embriagado y desatado como si hubiera bebido vino. Claro, cuando dije que tenía que marcharme, casi se sobresaltó, se enfurruñó como un niño malcriado, dando incluso una patada al suelo y protestando que no podía ser, pues yo apenas había visto la mitad de su colección. Y a las mujeres les costó harto esfuerzo hacer frente a su malhumorada cerrazón y convencerlo de que no podía retenerme más tiempo o perdería el tren.

Cuando por fin cedió, tras un rato de resistencia desesperada, y pasamos a despedirnos, su voz adquirió un tono muy dulce. Me tomó de las manos y sus dedos las acariciaron con esa expresividad tan especial de los ciegos, las recorrieron hasta las muñecas como queriendo saber más de mí y manifestándome más amor del que las palabras alcanzaban a formular.

—Me ha dado usted una gran alegría, muy grande, con su visita —empezó, con una voz que revelaba una conmoción interna profunda que no he de olvidar jamás—. Ha sido para mí una auténtica bendición poder mostrar mi adorada colección por fin, por fin, por fin, a un entendido. Eso sí, verá usted que no ha venido en vano a la casa de este viejo ciego. Le prometo, ante mi esposa como testigo, que voy a añadir a mis últimas voluntades una cláusula mediante la cual se asigne la subasta de mi colección a su respetable casa. Debe corresponderle a usted el honor de hacer de albacea de este tesoro desconocido —y, diciendo esto, posó la mano sobre las carpetas saqueadas con sumo cariño—, hasta que llegue el día en que se disperse por el mundo. Prométame tan solo que hará un catálogo bonito; ese será mi lápida, no necesito otra mejor.

Yo miré a su esposa y su hija, que permanecían apretadas una junto a la otra, y a veces el temblor se transmitía entre ellas como si fuera un solo cuerpo el que se estremecía de consternación. Yo mismo sentí la gran solemnidad de aquel momento en que el anciano dejaba en mis manos su colección, perdida hacía tanto tiempo pero todavía un grandísimo tesoro para el que no sabía nada. Igualmente conmovido, le prometí lo que jamás sería capaz de cumplir; de nuevo, un brillo especial iluminó sus ojos muertos, yo sentí cómo brotaba desde su interior el anhelo de contacto físico; lo notaba en la ternura, en la presión de sus dedos al sostener los míos en señal de agradecimiento y consolidación de aquella promesa.

Las mujeres me acompañaron hasta la puerta. No se atrevían a hablar, pues el oído tan agudo del anciano hubiera captado cualquier palabra, pero ¡con qué ardientes lágrimas, hasta qué punto desbordadas de gratitud me despidieron con sus miradas! Más que aturdido, bajé la escalera a tientas. Por fin me asaltó la vergüenza: me había presentado en la casa de aquella pobre gente como un ángel salido de un cuento, le había devuelto la vista a un ciego durante una hora con solo haberme prestado a ser cómplice de un engaño piadoso y mentir, yo, que en realidad había ido hasta allí como un miserable comerciante con la intención de engatusar a alguien y sacarle unas cuantas piezas a precio irrisorio. Me llevaba, sin embargo, mucho más: había tenido ocasión de volver a ser partícipe del entusiasmo más puro y vivo en estos tiempos sombríos y abúlicos, de una suerte de éxtasis por el arte que la gente de ahora parece haber olvidado por completo hace mucho. Y lo que sentí a pesar de que todavía me avergonzaba –no podría expresarlo de otra manera– fue devoción, sin saber bien por qué.

Nada más salir a la calle, tintineó una ventana en lo alto y oí que me llamaban. Así era, el anciano no había podido resistirse a asomarse, con sus ojos ciegos, y seguirme con ellos por el camino que imaginaba que recorrería. Se asomó tanto que las dos mujeres acudieron precavidas a sostenerlo, y me dijo adiós con el pañuelo exclamando «¡Buen viaje!» con la voz alegre y renacida de un muchacho. Nunca he de olvidar aquella imagen, aquella cara feliz del anciano de cabello blanco en su ventana, allá en lo alto, por encima de la gente malhumorada, presurosa y ajetreada de la calle, dulcemente elevado por encima de nuestro asqueroso mundo real en la nube blanca de un feliz desvarío. Y no pude evitar acordarme de esa vieja máxima tan cierta –creo que fue Goethe quien la dijo–: «Los coleccionistas son personas felices».